公元787年，唐封疆大吏马总集诸子精华，编著成《意林》一书6卷，流传至今
意林：始于公元787年，距今1200余年

一则故事　改变一生

《意林·少年版》编辑部

萝莉大冒险 ② 圣露西亚学院

司徒平安 著

吉林摄影出版社
· 长春 ·

图书在版编目（CIP）数据

圣露西亚学院 / 司徒平安著． -- 长春：吉林摄影出版社，2017.10
（意林·萝莉大冒险②）
ISBN 978-7-5498-3380-1

Ⅰ．①圣… Ⅱ．①司… Ⅲ．①长篇小说-中国-当代 Ⅳ．①I247.5

中国版本图书馆CIP数据核字(2017)第265165号

萝莉大冒险②·圣露西亚学院
LUOLI DA MAOXIAN② · SHENGLUXIYA XUEYUAN

出 版 人	孙洪军
总 策 划	顾 平　宋春华
出 品 人	杜普洲
主　　编	宋春华
责任编辑	施 岚
丛书策划	宋春华　于丽丽
图书统筹	于丽丽
执行编辑	于丽丽　于明晶
设计总监	资 源
封面设计	资 源
美术编辑	张 龙
发行总监	王俊杰
开　　本	880mm×1230mm 1/32
字　　数	110千字
印　　张	5
版　　次	2017年10月第1版
印　　次	2017年10月第1次印刷

出　　版	吉林摄影出版社
发　　行	吉林摄影出版社
地　　址	长春市泰来街1825号
	邮编：130062
电　　话	总编办：0431-86012616
	发行科：0431-86012602
网　　址	www.jlsycbs.net
经　　销	全国各地新华书店
印　　刷	北京嘉业印刷厂
书　　号	ISBN 978-7-5498-3380-1　　定　价：23.80元

版权所有　翻印必究
（如发现印装质量问题，请与承印厂联系退换）

目录 CONTENTS

	前情回顾	1
第一章	塔拉派来的追兵	3
第二章	圣露西亚公主学院	13
第三章	公主间的战争	23
第四章	花园里的神秘身影	35
第五章	图书馆里的隐身人	47
第六章	暗夜狼踪	59
第七章	变身药水	67

目录 CONTENTS

第八章	被黑化的公主	79
第九章	图书馆密谋	91
第十章	沉睡的学院	101
第十一章	藏书室里的囚徒	111
第十二章	帕特雷米神殿	121
第十三章	生死一战	133
第十四章	毕业典礼	145

前情回顾

阴森恐怖的浓雾下是悠长的呼唤,汹涌奔腾的瀑布下是万丈悬崖……这一切对于懵懂无知的特蕾娅来说都显得尤为莫名其妙。不知何时她的身份被冠以"公主",也不知为何她的出现引得黑衣人的死命追击。

莱茵奥特的出现使特蕾娅如梦初醒,这个来自魔法王国的骑士,正是奉了叶塞尼娅女王的命,来保护特蕾娅这个落入民间的公主。也正是"公主"这个身份给特蕾娅招来了杀身之祸,因为有人不想让她回魔法王国,更不想让她成为王位的继承人,这个人就是叶塞尼娅女王的二女儿,也是特蕾娅的姐姐——塔拉公主,同时也是最有可能接替叶塞尼娅成为下一任女王的人选。正是这样一位有声望、有地位的公主却忌惮特蕾娅日后会给她带来威胁,所以想"先下手为强"。

这一切又缘于一个古老的预言，预言说特蕾娅会成为魔法王国新的王者，将来会成为黑暗力量的最大劲敌，为了不让预言成真，也为了永绝后患，黑巫师无所不用其极，将几个意志不坚定的公主黑化为黑暗公主，对自己俯首称臣。

在与黑巫师的多次交战中，特蕾娅凭借着勇气和善良一次次死里逃生，不仅顺利躲过了黑衣人的追击，还解救了草木精灵。不过这一切真的会这样归于平静吗？狼狈而逃的黑巫师会甘心止步于此吗？其实命运的齿轮早已开始悄然转动，特蕾娅不知道，自己的出现正好印证了那个预言，犹如投入湖中的石子在黑暗世界激起一层层涟漪。

萝莉大冒险 ②

第一章
塔拉派来的追兵

她本能地屏住呼吸，紧张地贴着门，听着外面的动静。只听一个声音低低地响起："她就在这幢房子里，认真搜每个角落，不要放走她！"发号施令的人冷冰冰地喝道，嗓音中带着一丝与众不同的金属般的质感。

"嘟嘟……嘟嘟……"墙上的挂钟指针悄然指向七点,桌上的电脑里突然传出一阵急促的来电提示音,这声音打破了清晨的宁静。一位红发女孩拿着木梳风风火火地从洗手间里跑出来,嘴里叼着五彩辫绳,披着一头凌乱的长发,跑到电脑前按下接听键,屏幕上跳出了她的死党布雷的身影。

"特蕾娅!出了什么事?我刚刚收到班级短信,你跟老师请了两个月的长假?你今天不来学校了吗?"屏幕那边的布雷一看到特蕾娅就迫不及待地嚷嚷起来。他头发乱糟糟的,身上穿着还没来得及换的睡衣,似乎刚刚接到消息就心急火燎地拨打起了视频电话。

"你一大早着急忙慌地找我就是为了这事呀?"特蕾娅轻松地窝在电脑前的转椅里,一边用木梳用力拉扯着打结的弯曲长发,一边跟布雷视频对话。"不要紧张,我只是暂时离开两个月。莱茵奥特今天安排我去一个叫圣露西亚宫的地方认证公主身份,然后在那里进行为期两个月的魔法学习,这也是叶塞尼娅女王的遗愿,所以我今天要跟他去那边办理手续。哇!终于能摆脱掉学校那繁重的学习任务,可以好好放松一下了,这

第一章
塔拉派来的追兵

种感觉真是太好了！"心情大好的特蕾娅美美地哼起了曲子。

"那你认证完公主身份，是不是就要回魔法大陆了？"一提到这个话题，布雷开心地凑到摄像头前，他的脸一下子霸占了整个屏幕。"哇，真是太好了！等你回去之后就可以用叶塞尼娅女王留下来的宝印，行使你公主的特权了……等等！"说到这儿，布雷突然想起了什么，手指着特蕾娅冷不丁问道，"那么重要的宝印，你不会一直带在身边吧？"

"拜托，我是那种没脑子的人吗？我已经把它存到古灵阁银行了，那里是最安全的地方！"特蕾娅抬高下巴给了布雷一个得意的眼神，然后在脑后梳了个可爱的发髻，她对着桌上的手持化妆镜照了又照，满意地眯眼笑。布雷睁大眼睛对着屏幕看来看去，总觉得少了点儿什么，忍不住疑惑地问："咦？特蕾娅，你那只有点儿小脾气的宠兽哪儿去了？"

特蕾娅指了指头上被她当成发卡插在发髻旁的东西，坏坏地一笑："这家伙特别贪睡，到现在还没醒呢，所以我把它当成发卡别在头上了，效果不错吧，哈哈！"布雷对着屏幕仔细看了又看，惊讶地发现宠兽呼呼睡觉的时候毫无动静，简直跟毛绒玩偶没什么差别。"你一下请两个月的长假，快跟我说说，那个古董老师有没有刁难你？"

"这个嘛，真被你说着了！"一提到这件事，特蕾娅眼睛弯成了新月的样子，露出分外得意的笑容，她脑海中浮现出昨天的场景。在教室门口，她拘谨地向老师递交了一份请假申请书，然后小心翼翼地瞄着老师的反应。戴着古板的黑框眼镜，

头发梳得纹丝不乱的老师面无表情地看完申请书,淡淡地扫了她一眼,问:"这份申请书上没有监护人签名,我怎么相信这件事是真的?据我所知,你的父母都在医院接受治疗,那么这件事是谁的决定?"

"监护人……我,我有!我有监护人!"特蕾娅生怕老师不批准报告,忙不迭地点头道。

"是吗?那你的监护人是谁?"老师抱着双臂一副高高在上的模样,冷笑着问。特蕾娅急中生智想到了她的骑士,慌忙答道:"他叫莱茵奥特!代替我父母照顾我的!"老师似乎看出她在说谎,慢条斯理地又抛出一个问题:"那你应该知道他的手机号吧?手机号是多少?"

"这个……"特蕾娅顿时卡壳了,这时一个温润清朗的声音不期然地从背后响起。"电话是1340036****。"老师循声转头望去,一名身材修长、长相俊逸的翩翩少年,迎着阳光正朝这边阔步走来。一头浅蓝色的弯曲长发在阳光的照射下泛着柔和的光泽,崭新的白西服上干净得连一丝褶皱都没有。一看到他,特蕾娅难以置信地睁大眼睛,直愣愣地望着他,没想到莱茵奥特竟然到学校里来接她了!莱茵奥特来到特蕾娅面前冲她微笑着点了下头,然后转向老师礼貌地躬身行礼,重新将一份签过名的请假申请书交给她,说:"我是特蕾娅的临时监护人莱茵奥特,有什么问题请跟我说。"莱茵奥特的出现就像自带光环的天神降临一般,吸引了特蕾娅的全部注意力。直到现在想起当时那一幕,特蕾娅心里仍觉得美美的,他的出现真

第一章
塔拉派来的追兵

是让她在老师面前出了个大大的风头!

布雷见特蕾娅用手支着下巴一脸花痴般傻笑,他忍不住翻了个白眼:"噢!老天,你可不可以不要笑得这么恶心!有点儿尊严好吗?"特蕾娅仍沉浸在美好的回忆中,无法自拔。布雷没好气地抱着双臂,闷声闷气地说道:"好吧,自从那个家伙来了之后,你好像忘了我这个铁哥们儿了吧?忘了告诉你,昨天维维亚娜没来,听说跟你一样也请了两个月的假,你们去的该不会是同一个地方吧?"

"什么?维维亚娜?"特蕾娅猛地回过神来,坐直身子脱口而出。

"对呀,她走的时候好像也提过圣露西亚宫这个名字,你不记得了吗?"特蕾娅闻言停下手中的动作,茫然地眨了眨眼睛:"有提过吗?我怎么一点儿印象也没有?我可不想继续跟那种学霸保持同学关系,那简直是种折磨!你懂的!"她没好气地撇了撇嘴,酸溜溜地说道。

"也是哦,维维亚娜不光是学霸,做事也古里古怪的。听说有群男生看她不顺眼,故意将患有幽闭症的维维亚娜锁在停了电的播音室,后来却迟迟不见她呼救。等大家进去一看,发现屋内空无一人,这件事闹得全校都传遍了!"一谈起维维亚娜的八卦,布雷说得唾沫星儿四溅。

"没错!就是从那之后,学校里再没人敢招惹维维亚娜,就连她的名字都成了怪物的代名词。所以呀,我最好离她越远越好,少招惹这种人为好!"特蕾娅认同地点点头,打心

底觉得维维亚娜是个不适合有过多接触的人。"嘟嘟……嘟嘟……"两个人正聊天时,电脑右下角的监控警报突然响起了紧急提示音。"奇怪,我家的警报怎么响了?"一向警觉的特蕾娅马上点开监控窗口查看,布雷的头像瞬间切换成六块实时监控画面,右下角的监控画面变成了黑色,显然是遭到了破坏。旁边的监控画面里出现了五六个披着黑斗篷的陌生人。他们在特蕾娅家楼下鬼鬼祟祟地移动,同时又警惕地东张西望,形迹十分可疑。

"特蕾娅,什么情况?"布雷一个劲儿地追问。

"不知道,看情形不像是一般的盗贼……等一下!"特蕾娅感到隐隐的不安,马上切换回对话窗口,冲屏幕那边的布雷竖起手指,做了个嘘声的手势,然后站起身小心地朝窗外望了一眼。当看清那伙人的穿着打扮时,特蕾娅脸色骤变!这些人跟之前她遇到的那伙追兵的装束一模一样,显然他们是一伙的!"不好,是塔拉公主派来的人!快跑!他们一定是来抓你的!"一个细小的惊呼声从特蕾娅头顶传来。刚刚醒来的咘咘原本还揉着惺忪的眼睛,一看到窗外的情形,眼睛睁得滚圆,瞬间清醒过来。

时间紧迫容不得她多想,特蕾娅匆匆丢下一句:"布雷,我得先走了,我们回头见!"说完抄起衣架上的大衣飞快地往外跑。"喂,特蕾娅,出什么事了?要不要我报警啊!"电脑里飘出布雷焦急的喊声。

特蕾娅冲到楼梯口,顺着楼梯的栏杆一路下滑,脑子里高

第一章
塔拉派来的追兵

速运转想着对策。塔拉公主派来的追兵已经包围了房子,从正门和窗户出去已经行不通了!特蕾娅跳下楼梯栏杆时,猛然想起地下室有口井,井口一直被盖着。记得小时候养母伊美尔达曾说过,不到万不得已的时候不要打开它。

"咔嚓"!门口传来轻微的响动,来人正轻轻地转动门把手。特蕾娅的心"咯噔"一下,背后渗出了一层冷汗。特蕾娅退后了几步,飞快地朝走廊尽头的地下室奔去,迅速关闭房门,地下室里随即阴暗下来。关门的前一刻,特蕾娅清楚地听到大门被人推开的声音和刻意放轻的脚步声。她本能地屏住呼吸,紧张地贴着门,听着外面的动静。只听一个声音低低地响起:"她就在这幢房子里,认真搜每个角落,不要放走她!"发号施令的人冷冰冰地喝道,嗓音中带着一丝与众不同的金属般的质感。接着,脚步声响了起来,声音越来越近,听着好像朝这边走来了。难道她被发现了?特蕾娅心跳如鼓,回头看了眼地板中央的井盖,飞快跑过去,用力地推开沉重的铁盖。下面什么也没有,好像是一个废弃的下水道,这一定是养父母保留的应急逃生通道,没想到这会儿竟然派上了用场!特蕾娅想也不想地跳了进去,用力托着井盖一点点移回原位。

井盖刚刚合拢,地下室的房门便被人推开,有人走了进来。

二楼卧室。

"喂,特蕾娅,快点儿回个话!到底发生什么事了,别让我担心好不好?需要我报警吗?"书桌上的电脑还开着,屏幕

里晃动着布雷焦急的面孔,一直刺刺作响的音箱不断地传出布雷一遍又一遍的喊声。正当布雷嚷嚷得喉咙快要冒烟时,一道黑影出现在电脑前。当看到阴沉着脸的陌生人出现在屏幕上的时候,布雷吓了一跳,声音戛然而止,他震惊地睁大眼睛一副见鬼的样子,这……这家伙是……他猛然回过神来,是追杀特蕾娅的那帮追兵!

"你是……"为首的黑衣人话还没说完,布雷就"妈呀"叫了一声,飞快地关闭了视频通话,屏幕瞬间变回了桌面。

地下室里,躲在井盖底下的特蕾娅紧张地盯着头顶上方,动也不敢动,用力地捂住嘴以免叫出声,生怕被人发现。咻咻也不安地缩成一团,不敢发出半点儿响声。"大人,楼上楼下所有地方都搜过了,没有发现特蕾娅公主!但在一分钟前,她还跟朋友视频通话。"有人跑进来报告。

"不可能,她绝对就在这幢房了里!"手下人离开后,寂静的地下室里响起低低的自语声,"亚德和伊美尔达曾是叶塞尼娅女王身边最得力的亲随,为了应付突发状况,他们不可能没有预备方案。不过,无论特蕾娅公主逃到哪里我都会抓到她,绝不能让她活着踏上魔法大陆!"这间地下室里堆放着很多养父母从魔法世界带过来的旧物,上面传来走动的脚步声,那个人似乎正在巡视周围的杂物。特蕾娅一想到危险的追兵跟自己只隔着一道井盖,一颗心就狂跳个不停。

"快走呀,主人,塔拉派来的人肯定都是母国一等一的高

第一章
塔拉派来的追兵

手!落到他们手里我们就没得玩儿了!"咻咻细若蚊蝇的声音在她耳边响起。地面上的人走到井盖上方突然停下脚步,并试探地在井盖上点了点脚尖,发出"咚咚"的声音。糟了,他注意到这里了!特蕾娅吓得心都快跳出来了,发号施令的人低低地笑了几声,说:"出来吧,堂堂一国公主像耗子似的躲在下水道里,说出去实在有辱公主的身份。"井盖下面静悄悄的,没有任何回应,发号施令的人从腰间抽出魔法棒,对准井盖念出一道咒语,井盖竟然像有生命似的自己缓缓掀起,露出了下面的洞口。

他低头往洞里一看,眉头拧了起来,里面空空如也,根本没有特蕾娅的身影。

与此同时,漆黑难闻的下水道深处晃动着一道狼眼光束,狭窄的通道里回响着特蕾娅的脚步声和低低的说话声。"嘁,我没那么傻啦!当然知道自己这点儿水平无法跟经验老到的高手抗衡,傻瓜才会跟他们硬碰硬呢!"特蕾娅带着咻咻正沿着干涸的地下管道飞奔。空气中充斥着难闻的气味儿,熏得她想吐。

"嚓……嚓……"橱窗前的井盖突然活动了一下,接着被人一点点推向旁边,露出黑洞洞的井口,一颗小脑袋从里面探了出来。特蕾娅伸出头警惕地向外张望,原来下水道的出口就在距离巷口的家一百米的地方。此刻马路上有很多赶着上学、上班的人,谁也没留意到这里的动静,更看不到塔拉派来的追兵的身影。特蕾娅连忙爬出井口,将井盖复原。

"糟了!塔拉派来的追兵发现主人了!"咘咘扯着尖细的嗓音叫起来。特蕾娅抬头一看,一名追兵手指着这边大声叫喊,三四名追兵正朝这边追来。"天哪!他们还真是阴魂不散!"特蕾娅心里发出一声惊叫,顾不得拍打身上的灰尘,转身拔腿狂奔。"嗖嗖嗖"!几道闪光从身后射来,陆续打在路牌和报亭上。"怎么办,他们公然在大街上动手不怕被人看到吗?"特蕾娅喘息地低叫,抱着头躲进路边的公共电话亭。没想到塔拉派来的追兵竟敢在这么多人的街头动手!

"可见塔拉公主多么想除掉你呀,她一定给他们下了死命令,所以他们才像恶狗似的对你穷追不舍!"咘咘心惊地说道。特蕾娅小心地探头望了一眼,瞬间又扭回脖子。完蛋了,塔拉派来的追兵已经追过来了,离她只有几十米的距离,这下跑不掉了!特蕾娅不知所措地紧紧靠着电话亭,两腿发软,额头上冷汗直冒。

"主人,不要怕!咘咘会跟卞人一起战斗!跟他们拼个你死我活!"咘咘喋喋不休地自语,颤抖的声音却暴露了它紧张的情绪。

很快,公共电话亭旁就传来了杂乱的脚步声,特蕾娅感觉到一股杀意扑面而来。她紧紧握着手中的魔法棒,就在特蕾娅神经快要绷断的时候,突然听到了莱茵奥特的喊声,只见前方街道拐角处出现一个熟悉的身影。"莱茵奥特!"咘咘惊喜地大叫。莱茵奥特眼见形势危险,迅速举起手中的魔法棒,特蕾娅全身突然泛起柔和的光芒……

萝莉大冒险②

第二章
圣露西亚公主学院

"不，我们该去圣露西亚公主学院了。"莱茵奥特启动车子开始倒退，守门人笑呵呵地冲着她挥手告别，特蕾娅刚要举手告别，眼前充满柔和白光的走廊瞬间便从视野中消失了，取而代之的是一条蜿蜒在青山绿水间的山路。

就在特蕾娅公主快要被追上的最后关头,一道犀利的光射来,特蕾娅全身泛起柔和的光芒。她还没明白发生了什么事,双腿就离地而起,身体像被什么吸住似的倏地朝跑车飞去,跌入副驾驶的座位上。莱茵奥特立刻启动跑车,绝尘离去。"莱茵奥特,刚才那招真是太帅啦,记得教我哦!"刚刚回过神来的特蕾娅惊喜地叫了一声,系好安全带,转身向车后望去。那几名追兵并没有放弃追击,领头的人似乎早有准备似的打了个手势,手下们依次上了停在路边的几辆车,从后面追了上来。

"抱歉,特蕾娅公主,我来迟了!"莱茵奥特带着少许歉意说道,一边驱车在车流中不断超车急驰。

特蕾娅大度地挥了下手,安抚道:"得啦,我们之间就不要客气了!那些人是塔拉公主派来的追兵吗?"莱茵奥特点了下头,说:"之前我拜托几位老臣向塔拉公主求情,请她取消对你的追杀令,谁知塔拉公主并没有同意,反而换了一批更强的追兵。等我接到消息,他们已经开始行动了。领头的那个人是你们母国强硬派的代表,王室保安部部长的儿子,刚刚接任了王宫侍卫长一职。塔拉公主对他十分信任,为了不辜负塔拉

第二章 圣露西亚公主学院

公主的器重,也为了维护王室的安定,他势必会对你采取极端的行动,甚至不惜让你从这个世界上消失。"

"哼,他对塔位公主倒是忠心耿耿呀,权势果然能让人蒙了眼睛。"特蕾娅托着下巴不禁轻哼一声。她想起在地下室里听到的那个冷酷无情的声音,的确让人感到莫名地发冷。咘咘看着跑车在车流中来回穿梭,不断加速超车,兴奋地站在特蕾娅肩头连连尖叫,"太刺激了!莱茵奥特殿下的车技简直神了!快点儿甩掉那群可恨的追兵!"

"天哪?你怎么会开车?还开得这么好?"特蕾娅吃惊地叫出声来,她刚发现莱茵奥特娴熟的车技简直能与职业赛车手媲美!他不是魔法世界的人吗?怎么会有这么出色的车技?莱茵奥特的嘴角勾起一抹自嘲的苦笑:"特蕾娅公主要是知道我的人生经历就不会感到吃惊了,我曾在人类世界隐姓埋名生活了两年,我的职业就是赛车手。我本想忘记魔法大陆,就这样生活下去的,是你的母亲找到了我,恳请我帮助你,所以我才决定以新的身份重回魔法大陆。"听完这番话,特蕾娅蓦地想起,她好像从没有听莱茵奥特谈起过他的事,还有他为什么要隐姓埋名生活在人类世界?难道魔法大陆的什么人或是什么事伤了他的心,他才不得不远离魔法大陆?特蕾娅的脑袋里不禁浮现出无数个疑问,他似乎对她的事非常了解,而她对他却一无所知。

"莱茵奥特,那帮人还在后面追呢!"咘咘叽咕叽咕地叫。

"不用担心,我们快到目的地了。"莱茵奥特驱车猛地拐了个弯,驶入一个老旧建筑的地下停车场。偌大的地下停车场里停放着许多蒙着灰尘的车辆,这里没有监控,也没有管理人员,似乎是个免费的停车场。特蕾娅不明所以地看向莱茵奥特,纳闷儿地问:"我们为什么要来这儿?不是去圣露西亚宫吗?"

"吱"!身后传来几声车轮与地面的剧烈摩擦声,特蕾娅回头看去,塔拉派来的追兵也驱车跟进了停车场,兵分三路地朝他们包抄过来。看着几辆车不断逼近,还有那一张张凶神恶煞般的面孔,特蕾娅心中升起不祥的预感,他们似乎铁了心要在这里制造一起惨烈的车祸事故!特蕾娅顿时紧张起来,不禁高呼出声:"快点儿!他们追上来了!"一回头,她猛然发现眼前的情形比后面的更为危急——他们的前方没路了,一堵结结实实的白墙挡在前方不足一百米的地方,左右两侧停满了汽车,而莱茵奥特驾驶着汽车笔直地朝那堵墙冲去!

天哪!特蕾娅的眼睛瞪得滚圆,猛地抽了口冷气。"这……这是什么情况?"特蕾娅吓得脸色惨白,感觉心脏被一双无形的手紧紧地抓住了,呼吸都快停止了!"要……要死了……"眼看着离那堵坚固结实的墙壁越来越近,特蕾娅的心一下子提到了嗓子眼儿,浑身忍不住哆嗦起来,咘咘害怕地一头扎进特蕾娅怀里,全身瑟瑟发抖。"啊!"车内响起两声惊恐的尖叫。

伴着刺耳的惊叫声,汽车撞上了那堵厚实的墙。但是,预

第二章
圣露西亚公主学院

想中的撞击并没有发生!

他们的车竟然如幻影般消失在墙壁中。特蕾娅只觉得眼前一花,那堵墙壁瞬间消失不见了,眼前变得白茫茫一片,仿佛整个世界都变成了虚无的白色世界。

地下停车场里接二连三地响起刺耳的刹车声,从后面追上来的三辆汽车在那堵墙壁前紧急横了过来,刹住了车。为首的侍卫长扭头望着那堵白墙,面无表情的脸上冷得几乎要结冰,眼中竟然是死寂般的青白色。

"来不及了,他们已经过去了。"

咦?等眼睛适应了刺目的光线后,特蕾娅渐渐看清了周围的一切。汽车停在一条长长的走廊上,走廊的地板和墙壁的颜色都是不掺一丝杂色的雪白色,一位穿着白色长袍的老人坐在墙边的长椅上,正悠闲地看着《新城时报》。

咦?特蕾娅有些不适应地眨了眨眼睛,回头看向身后,后面又变成了地下停车场的墙壁,真不敢相信他们竟然穿过了那堵墙,墙的后面竟是另一个世界!咻咻从特蕾娅怀里钻出来,转动着一双漆黑灵动的大眼睛,好奇地打量着周围:"哇,我们居然还活着!难道我们刚刚穿过的那堵墙是隐藏的界门?"

"界门?这是什么地方啊?"特蕾娅偷偷拉了下莱茵奥特。这里好静,除了轻微地翻动报纸的声音,几乎听不到其他声音,特蕾娅不由得压低了声音。

"这里就是公主认证的地方,也是我要带你来的圣露西亚公主学院,简称圣露西亚宫。"莱茵奥特低声说了一句,领

她下车后,朝着走廊尽头走去。经过那位看报纸的老人时,莱茵奥特停下脚步向他微微躬身,礼貌地报出了特蕾娅的名号:"塞尔西亚国叶塞尼娅女王小女儿特蕾娅公主,前来办理认证手续。"

"特蕾娅公主?"老人微微有些意外,扶着鼻梁上的深度近视眼镜,朝特蕾娅仔细地打量,惊讶地自言自语:"哦哦,原来你就是传说中被叶塞尼娅女王藏起来的那个小女孩,真是幸会,我还以为那些传说只是流言呢。"老人打量了特蕾娅几眼,冲他们挥了挥手,继续低头看报。莱茵奥特领着特蕾娅继续向前走去,特蕾娅回头看着老人,偷偷拉了拉莱茵奥特的衣服,小声问道:"他是谁呀?为什么一个人坐在那儿?"

"他是守门人,专门负责看守连接魔法世界与人类世界的通道,如果有人硬闯就会遭到守门人的驱逐,通道也会消失。一般守门人都有点儿脾气,不过刚才那位老人看守这个通道已经很多年了,是位很有职业操守的守门人。"

咋咋啧啧惊叹:"哇噢,这么说守门人的权限很大喽,他想让谁通过,谁才能通过?"莱茵奥特笑了笑没有回答,伸手推开了面前的门,门后竟然是个办事大厅。奇花异草密密麻麻地点缀在办事大厅的各个角落,就连书桌旁、台灯旁以及书架旁也少不了它们的身影。巨大的石柱和墙壁被疯狂的爬藤植物覆盖,许多藤须从头顶上方或长或短地垂下来。办公桌被整齐有序地排列在绿色植物中间,每张办公桌上都堆放着小山般高的资料,工作人员挥动着手中的魔法棒忙碌地工作着,有的控

第二章
圣露西亚公主学院

制着打字机噼里啪啦地敲打按键，有的控制着印章依次在一尺高的文件上一页页地盖章，还有的管理着数辆盛满文件的小滑车从特蕾娅面前排队驶过。特蕾娅觉得有意思的是，一会儿是小鸟叼着文件飞过，一会儿是身形健硕的乌龟驮着装有果盘茶点的银质托盘缓缓爬过，一会儿又是背着文件袋的草木精灵荡着藤蔓在各个办公桌之间传递公文。一切看上去都那么井然有序，别有一番趣味。

"请问有什么可以帮忙的吗？"一位工作人员从办公桌后面抬起了头。

"你好，特蕾娅公主来办认证和入学手续。"莱茵奥特退后一步，伸手向面前的特蕾娅示意。"什么？特蕾娅公主！"工作人员用手掩着嘴，不敢相信地发出一声惊呼。周围的工作人员听到动静纷纷停下手中的工作围上来，大家七嘴八舌地议论起来："天哪，她就是叶塞尼娅女王那个失踪的小女儿吗？"

"我还以为她在十二年前就已经死在黑魔头手中了呢，没想到她还活着！"

"听说她被叶塞尼娅女王藏了十二年，今天终于看到她本人了，她和她的母亲长得好像啊！"

特蕾娅没想到她的到来竟然引起了不小的轰动，工作人员的热情让她不免有些受宠若惊。"安静，都回到各自的岗位上去！"一个威严的声音在人群外响起，工作人员立刻作鸟兽散，一位盘着发髻、面容严肃的中年女人出现在特蕾娅面前。

"我是这里的事务长克丽丝,请随我来,特蕾娅公主。"她走在前面引路,边走边说道,"半年前,你的母亲叶塞尼娅女王已经跟我们打过招呼了,你的身份认证早就办好了,包括接下来在圣露西亚公主学院进行的为期两个月的学习手续也已经为你办好了。"

克丽丝来到办公桌旁的书架前,从中抽出一个文件夹:"这里面装着你的身份认证以及报名材料,你可以直接去圣露西亚公主学院办理入学手续了。"特蕾娅双手接过文件夹,恭敬地向克丽丝道谢,然后不知所措地回头看向身后的莱茵奥特。来到陌生环境的特蕾娅像只雏鸟似的事事依赖着莱茵奥特,莱茵奥特冲她微微一笑,做了个请随我来的手势,领着她回到原来的长廊。"我们是要回去了吗?"特蕾娅回到车上系好安全带问。

"不,我们该去圣露西亚公主学院了。"莱茵奥特启动车子开始倒退,守门人笑呵呵地冲着她挥手告别,特蕾娅刚要举手告别,眼前充满柔和白光的走廊瞬间便从视野中消失了,取而代之的是一条蜿蜒在青山绿水间的山路。汽车沿着山路一路疾驰,绕过两座大山形成的险峻山隧后,视野一下子豁然开朗起来,一眼就能看到一座纯白色的建筑气势恢宏地矗立在山路的尽头,典型的欧洲城堡的建筑风格,高耸的塔楼顶部装饰着金黄色的琉璃瓦,在阳光的照耀下反射出耀眼的金色光芒,远远望去犹如沐浴在神光之下。

"哇,那就是我们要去的地方吗?好美啊!正是我梦想中

第二章
圣露西亚公主学院

城堡的样子!"特蕾娅着迷地望着前方,脸上露出无比惊喜的笑容。

"耶耶!听说只有公主才有资格在圣露西亚公主学院学习,这里的老师都是魔法大陆顶尖的魔法师呢!咻咻真为主人高兴!"咻咻欢快地在特蕾娅肩头蹦跳着,兴奋得叽咕叽咕地叫。不久,汽车停在了公主学院的漆金大门前,特蕾娅怀着激动的心情走下车,仰望着大门上方几个龙飞凤舞的金色大字:圣露西亚公主学院。这里就是她接下来的两个月学习和生活的地方,不知道还有什么神奇的事情在等着她。

莱茵奥特关上车门来到特蕾娅身旁,学院的大门竟然缓缓地打开了,眼前的情形令特蕾娅惊讶地睁大了双眼。学院门前的广场上已经聚集了一大群光鲜靓丽的少男少女,站在前面的是一群穿着华丽衣裙、头戴王冠的公主,一个个傲娇地抱着双臂摆出一副高高在上的姿态,而她们的身后都相对应地站着一名年轻英俊的少年骑士,统一穿着黑色西装。每位公主身边带着一名骑士似乎是这里的标配。不经意间,特蕾娅从公主们中间看到一个熟悉的身影,竟然是她的同学维维亚娜!维维亚娜百无聊赖地扭头望着别处,对特蕾娅的到来完全不感兴趣。天哪,没想到竟被布雷说中了,维维亚娜也来到了这里!此刻,所有人的目光都汇集在焦点人物特蕾娅身上,看到这么多人等在这里"迎接"她,特蕾娅有些瞠目结舌,难道她的名字已经传遍了整个圣露西亚公主学院?

"主人怎么得罪她们了?咻咻怎么觉得她们看主人的眼神

怪怪的，好像恨不得要把主人生吞活剥了似的。"咘咘在特蕾娅耳边小声问道。哼哼，特蕾娅的嘴角不禁抽了一下，没错，她们投来的眼神分明怀着敌意和排斥，似乎并不欢迎她的到来。

　　看来这些公主聚集在这里并不是欢迎她的，而是另有一番目的。

萝莉大冒险②

第三章
公主间的战争

只见施展蚀骨术的欧迦娜，眼中透着森冷，直直地盯着特蕾娅。特蕾娅突然有种不祥的预感，欧迦娜就像变了个人似的，让人觉得可怕。在场的公主们都倒吸一口冷气。

　　早在学院广场上等候多时的公主们对新生的到来,从脸上到眼神中都流露出明显的厌恶感,似乎没有人欢迎特蕾娅的到来。"你就是塞尔西亚国失踪了很久的小公主特蕾娅?看上去很普通嘛!"一个浅绿色短发的公主用诧异的目光冲着特蕾娅上下打量,语气中不免带有几分失望。披着浅蓝色长发的公主没好气地瞄着特蕾娅,酸溜溜地嘲讽道:"哼!何止普通,看她的穿着真是土得掉渣,哪里有半点儿公主风度,浑身上下散发着庶民气息,真不知道她使了什么手段得到莱茵奥特殿下的守护。"

　　"莱茵奥特?就是那个骑士学院历届毕业生中分数最高的天才少年莱茵奥特?据说还拿到了S级别的魔法师称号!"穿着红色拖地长裙的维维亚娜不敢相信地叫道,视线飘向特蕾娅身后的莱茵奥特。浅绿色短发的公主点点头:"骑士学院的骑士按能力分为三个级别,S、M、L级,达到S级别的骑士少之又少,只有顶级骑士才有资格获得魔法师的称号,并且有权利自主挑选自己效忠的对象。之前有很多公主向莱茵奥特殿下投去诚意结交的橄榄枝,我原以为能得到莱茵奥特殿下效忠的对

第三章
公主间的战争

象肯定会是气质高贵的公主,没想到……结果让人有点儿遗憾呢。"

披着浅蓝色长发的公主不屑地从鼻腔里发出一声轻哼,目光从特蕾娅身上飘向后面的莱茵奥特,脸上露出了迷人的微笑,"莱茵奥特殿下,我猜您一定是受了什么人的蒙蔽才做出错误的判断,与其效忠一位没名气、没地位、没前途的公主,何不另择高枝选一个能配得上您的公主呢?"说完,调皮地眨了下右眼,朝莱茵奥特投去一记暗含深意的眼神。"公主!"她身后的骑士着急地出言阻止,似乎担心主人说出什么话再伤害到特蕾娅主仆两人。

特蕾娅听着公主们你一言我一语的议论,心里的怒火一拨拨地往上拱,这帮娇生惯养的公主就喜欢挤对别人、抢别人的东西吗?她极力按捺着心中的不快,咬着牙低声嘟囔:"她们哪里是欢迎我,分明是对我的骑士更感兴趣!居然还有人称他殿下?"

"主人,据我所知,莱茵奥特的的确确是王子身份哦,只是没有实权,也没有什么地位,所以他才离开国家另谋出路,后来去了骑士学院。所以称他为殿下也没有错哦!"咻咻小声在特蕾娅耳边解释。特蕾娅意外地一愣,没想到莱茵奥特竟然是有着贵族血统的王子!莱茵奥特微微一笑,冲着面前的公主们点头致意,"谢谢这位公主的热情相邀,不过我已经签下了效忠契约书,在特蕾娅公主没有放弃我之前,我是不会离开她身边的。"

　　浅蓝色长发的公主碰了一鼻子灰,没好气地跺了下脚,把头转向另一边。"啪啪啪"!这时,人群外传来拍手声,一个威严的女性声音响起:"公主们,请少安毋躁。"一位梳着高高发髻,穿着修身得体的黑色长裙的中年贵妇拿着文件夹走过来,带着淡淡的微笑向特蕾娅行了个屈膝礼,"您好,特蕾娅公主,我是圣露西亚公主学院的教导主任吉娜,负责照看公主们的日常学习和生活。您刚到领证大厅,我这边就接到了消息,所以已经提前为您准备好了客房和相应的学习用具。接下来,我先介绍一下这里的公主们,这位是云莱国的梅格公主和巴图国的欧迦娜公主⋯⋯"吉娜老师从最前排浅绿色短发的公主和披着浅蓝色长发的傲慢公主开始,依次向后介绍,最后拍拍手让所有人都看向她。"好了,希望接下来的两个月里,大家能够融洽相处。上课的时间到了,请公主们先回教室吧!"最后吉娜老师微笑地看向特蕾娅,补充一句:"课后我会派人带您参观校舍,熟悉这里的环境。"

　　"好的,吉娜老师。"特蕾娅点头答道。

　　上课时间到了,特蕾娅跟在公主们身后绕过水花四溅的喷泉池,走进对面那幢皇家级的宫殿。这里的一切都让特蕾娅感到新鲜和好奇,就像灰姑娘第一次踏进梦幻般的宫殿一样,欣喜又着迷。富丽堂皇的大厅内,一盏盏精美的巨形水晶灯悬挂在顶棚,雕刻着繁复花纹的浮雕墙壁挂着许多名家油画,水晶制品和银器工艺品更是随处可见,到处弥漫着奢华和艺术的气息。所有的一切都让特蕾娅感到眼花缭乱。她沿着走廊一路

第三章
公主间的战争

前行,依次经过了谒见室、图书馆、服装珠宝馆,每个馆室都大得惊人。虽然这里的公主并不多,但是服侍公主们的侍者却多得随处可见。

维维亚娜故意放慢脚步等落在最后的特蕾娅经过,她极为不满地哼道:"没想到你竟然是位公主,你隐藏得好深呀!这么长时间真是一点儿都没看出来!不过这里可没学校那么好混,那些公主难缠得很,你自求多福吧!"

"难缠?看来你提前两天到校已经有所体会了,谢谢,我可没那么容易打败。"特蕾娅坚定地说。她很清楚维维亚娜并不是真的好心要帮她,她们两个在学校里就是竞争对手,在这里依然是。

特蕾娅一踏进教室,立刻有位侍者走上前鞠躬行礼:"特蕾娅公主,请随我来。"特蕾娅在侍者的引领下来到了标有她名字的课桌前,她坐下来好奇地左右张望,刚才在外面看到的那些公主都已回到自己的座位上,莱茵奥特正跟其他骑士在教室后面背着双手倚墙而立,看来这里的规矩很严,骑士也不能时刻陪在公主身边。

特蕾娅轻轻叹了口气,转回头来看向桌上几本厚厚的书,《魔法大陆编年史》《魔法师名人传》《初级魔法咒术》及《公主礼仪》等,看着这几本大部头的书,特蕾娅的头开始隐隐作痛。这些该不会都是她要学习的课本吧?难道接下来的两个月她又要被题海淹没了?她哀叹着翻开面前的《初级魔法咒术》:"咦?"她的眼睛意外地睁得老大,书本里的图片竟

然像视频一样放映起来,一个穿着魔法长袍的老师挥动着手中的魔法棒反复做着示范;再翻到下一页,仍是同样的魔法老师在演示,每页教授着不同的咒语。

"哇!我喜欢这种教学方式,这比看那些枯燥乏味的书有趣多了!"特蕾娅顿时来了兴趣,一下子被魔法世界的书吸引住了,连忙翻开另外三本书看。就在特蕾娅着迷地翻看这些书的时候,教室里突然安静下来,咻咻在特蕾娅耳边提醒道:"老师来了!"特蕾娅合上课本,抬起头,只见吉娜老师领着一位穿着魔法长袍的年轻公主走上讲台:"各位公主,请允许我向大家隆重介绍学院重金聘请来的魔法老师阿姆达公主!"当年轻公主转过身的那一刻,所有人眼前一亮,特蕾娅更是惊艳地睁大了眼睛。她的头发低低地盘在颈间,略带蓬松又不失唯美,标准的鹅蛋脸上带着阳光又迷人的笑容。最引人注目的是她那双杏眼,闪着明亮的光芒,像是透着一种诡异的魔力,让人无法忘记。

"大家好,今后将由我担任你们的魔法课老师,希望各位公主多多支持!"阿姆达公主的嘴角微微上扬,露出了迷人的浅笑。阿姆达公主不仅人长得美,就连说话的声音也格外动听!教室里响起一阵议论声。

"天哪,好美啊!果然如传闻中所说的阿姆达公主是整个魔法大陆一等一的美女呢!"梅格公主被阿姆达公主的美貌彻底迷住了,眼中全是羡慕。欧迦娜公主着迷地惊叹:"多美的脸蛋啊,我真想用毕生的魔法力量换取阿姆达公主的美貌!"

第三章
公主间的战争

一向自负的维维亚娜也露出了钦佩的神情:"听说阿姆达公主是圣露西亚公主学院毕业生中成绩最优异的一个,魔法成绩仅次于当年的叶塞尼娅女王!她一直是我想追赶的目标!"

阿姆达公主微微一笑,手中多了一根镀金边的魔法棒:"看来我不用向公主们介绍自己了,那么接下来让我认识一下各位吧。""您好,我是云莱国的……"没等第一桌的梅格公主把话说完,欧迦娜公主就激动地打断了她的话,迫不及待地站起来殷勤地向老师示好:"阿姆达公主,我是巴图国的欧迦娜公主,希望课后能有机会与您探讨下关于美肤的事情!"

在欧迦娜公主之后,其他公主们也依次介绍着自己。轮到特蕾娅的时候,阿姆达笑吟吟地走过来:"啊,让我猜猜,你就是传说中被叶塞尼娅女王藏起来的那位小公主吧?最近关于你的传闻已经成为整个魔法大陆最热门的话题了。我很荣幸能成为你的魔法老师。"说着微微弯下腰,非常谦和地向特蕾娅伸出手。"啊,您……您太客气了,能向您学习知识是我的荣幸!"特蕾娅忙不迭地站起来,受宠若惊地伸出手与阿姆达公主相握。

"咦?"与她握手的那一刻,特蕾娅不禁微微一怔,"怎么回事?阿姆达公主的手冰凉,冷得吓人,好像一块千年寒冰似的散发着丝丝寒气。"特蕾娅错愕间,耳畔响起阿姆达公主轻飘飘的话音,比阴风更寒冷,一直冰到了她的心里!"不用客气,特蕾娅公主,以后我们见面的机会还多着呢。"

那个声音就像刻意被调到了慢速似的,缓缓地,一字一

顿地飘进特蕾娅的心里。特蕾娅猛地打了个哆嗦，抬眼看着阿姆达公主，她的眼中飞快掠过一抹不易被人察觉的寒光。特蕾娅触电般地松开了阿姆达公主的手，不，准确地说，应该是甩开了她的手。她近乎惊恐地盯着面前的阿姆达公主，阿姆达公主的脸上依旧荡漾着阳光般的微笑，仿佛没有发生过任何事一般。

周围的公主都注意到特蕾娅突然间的举动，纷纷朝她投过不悦甚至是厌恶的目光。"特蕾娅，你那是什么表情啊？好像见了鬼似的！"维维亚娜有些反感地皱起眉头。难道是特蕾娅的错觉？可是刚才阿姆达公主看她的眼神真的好可怕，就像要吃了她似的！特蕾娅努力平复慌乱的心，放低姿态向阿姆达公主道歉："对不起，是我有点儿恍惚了。"

阿姆达公主毫不介意地笑了一下，转身回到讲台上开始讲课。吉娜老师见恢复了课堂秩序便退了出去。

"相信各位公主之前已经学过一些基础的魔法技巧，现在我想了解下大家的水平。请拿出各自的魔法棒，两人一组，相互施展攻击和防御术。"阿姆达公主按课桌顺序，将所有公主分成七个小组，特蕾娅和欧迦娜被分到了同一组。出于对阿姆达公主的喜爱，公主们都在热络地跟老师谈话，看着大家都痴迷地望着阿姆达公主，特蕾娅心里的不安感越来越强，总觉得阿姆达公主身上藏着什么秘密，似乎那张脸的背后还隐藏着另一张面孔。

可能是察觉到特蕾娅的注视，阿姆达公主的目光有意无意

第三章
公主间的战争

地从她身上掠过。特蕾娅心中不禁一寒,她越来越觉得阿姆达公主令她极度不安,到底是什么,她又说不上来。"从刚才你就怪怪的,我可提醒你,一会儿的攻击和防御术你可要当心,可能会吃苦头哦。"旁边飘来维维亚娜不咸不淡的话音。

维维亚娜的话提醒了特蕾娅,她突然想起自己的魔法知识几乎为零,跟其他已经学过基础魔法的公主不同。她连忙拿起桌上的《初级魔法咒术》准备临时恶补一下,奇怪的是,无论她用多大的劲儿,厚厚的魔法书好像粘连起来似的,死活也翻不开。真是见鬼了!这时候连书都找麻烦!特蕾娅气呼呼地把书竖起来,手指扒着两边的书页使劲儿地向外掰,小脸涨得通红。这时,旁边传来几声低笑,特蕾娅扭头看去,欧迦娜公主和几位公主凑在一起不怀好意地看着这边,欧迦娜公主挑着眉一副等着看笑话的神情,显然是她在搞鬼!

"笨蛋!这么简单的咒术都破解不了,难怪别人会看你笑话!"维维亚娜实在看不下去了,不高兴地拿出魔法棒朝她的书点了一下。维维亚娜的解围,使特蕾娅手中刚才还粘得跟方砖似的课本突然间被打开,特蕾娅被这突如其来的场面吓了一大跳,下巴重重磕在书桌上,疼得她差点儿掉眼泪。看到她狼狈的样子,欧迦娜公主和旁边的几位公主哄笑起来。啊!气死人了,为什么出丑的总是她啊!特蕾娅窘得满脸通红,恨不得找个地缝儿钻进去,马上从大家眼皮底下消失。

"真是的!拜托你学习多用点儿心,我可不想以后总为你收拾烂摊子,认识你本来就够倒霉了!"维维亚娜皱着眉头

说完,把头转向了另一边,摆明了不想跟她有太多交集。受到现在班里同学的排挤就算了,就连曾经的同班同学也当众拆她的台,特蕾娅刚刚浮上心头的感激瞬间消失得无影无踪,她很没面子地摸了摸鼻头,不开心地低声嘟囔:"学霸就很了不起吗?怪不得别人都说她智商第一、情商为零,说起话来总是那么不留情面!"

阿姆达公主用魔法棒敲了敲课桌,制止了公主间的调笑。"好了,第一场先由欧迦娜公主和特蕾娅公主表演。我会为你们建立一个魔法保护罩,在这个保护罩内你们可以随意向对方攻击,不用担心破坏这里的公共设施。"她挥了挥手中的魔法棒,教室里的桌椅齐刷刷地退到四周,露出一块空地,一个半圆形的透明气泡出现在中间。"好了,请两位公主进去吧,时间不限,自由攻击。"

就这样走进去?特蕾娅第一次见到这样的保护罩,像一个流光溢彩的肥皂泡,轻盈却又十分稳定。她试探地把手伸过去,意外发现手可以毫不费力地进入保护罩。特蕾娅正怀疑这样的保护罩能否挡住攻击术的冲击的时候,不知从哪儿伸过来一只手在她身后猛推了一把,特蕾娅惊叫一声,踉跄地跌进保护罩中。没等她站稳脚跟,对面的欧迦娜不失时机地扬起手臂将魔法棒指向特蕾娅,口中又急又快地念出一串特蕾娅听不懂的咒语。一道凌厉的冲击波击中特蕾娅的手背。"啊!"毫无防备的特蕾娅惊叫一声,突然感到拿魔法棒的手一阵刺痛发麻,魔法棒失手掉到了地上。她顾不得疼痛,慌忙弯腰去捡魔

第三章
公主间的战争

法棒。

"你这种水平也配使用龙骨级的魔法棒?"欧迦娜抢先一步将一道冲击波打向魔法棒,特蕾娅扑了个空,狼狈地摔到地上。特蕾娅灰头土脸地瞪向一脸得意的欧迦娜公主:"你是故意的!""这是比试,你还没有尝过蚀骨术吧?"欧迦娜轻轻晃动着魔法棒浅笑,就见魔法棒顶端像挤牙膏似的冒出一段毛毛虫状的光芒,光芒越拉越长,看上去就像一条发着光的小蛇在往外爬。"老天,那是什么鬼玩意儿?"特蕾娅眼睛都直了,又惊又怕地看着那条"光蛇"。特蕾娅肩头的咘咘瞪圆了眼睛,口齿不清地低叫:"妈呀,主人,你不是她的对手,快点儿避开!"

只见施展蚀骨术的欧迦娜,眼中透着森冷,直直地盯着特蕾娅。特蕾娅突然有种不祥的预感,欧迦娜就像变了个人似的,让人觉得可怕。在场的公主们都倒吸一口冷气。维维亚娜低低地咬牙:"该死,欧迦娜使出了蚀骨术!一旦被蚀骨术击中,受伤的人会感到全身被千万只虫蚁啃噬,痛不欲生!"

"哎呀,这不是被禁用的黑色魔法吗?"梅格被吓了一跳,忙对特蕾娅喊道:"危险!快避开它!"看到公主们神情大变,特蕾娅顿时慌了神,忙向保护罩外退。谁知欧迦娜动作更快,嘴角抽动了一下,扬起魔法棒朝她打来——

"欧迦娜公主!不要!"不知谁情急地大喊了一声。

欧迦娜摆明了要在众目睽睽之下给她一个下马威,偏偏特蕾娅没有任何魔法基础,根本抵挡不了威力强大的蚀骨术。

　　那条不停变换色彩的"光蛇"在离开魔法棒的一刻,刹那间被放大了十几倍,犹如一条巨蛇。巨蛇张着恐怖的血盆大嘴,四颗锋利的白色尖牙闪着死亡般的寒光,气势汹汹地朝特蕾娅扑来。"啊!"看着急速逼近的凶残的巨蛇,特蕾娅心底的恐惧骤然加剧,她惊恐地睁大眼,一颗心倏地跳到了嗓子眼儿,心脏像被一只大手紧紧地扼住,呼吸都快停止了!

萝莉大冒险②

― 第四章 ―
花园里的神秘身影

　　她突然觉察到有人在注视自己,这种被人注视的感觉让她感到莫名发冷,就像整个人掉进了冰窖似的不禁打了个寒战。她清晰地记得,第一次遇到黑巫师时就有这种阴森森的感觉。

眼见欧迦娜放出蚀骨术，场外的莱茵奥特一边大步流星地走向保护罩，一边利落地抽出魔法棒朝欧迦娜公主指去。一道凌厉的冲击波穿过保护罩，瞬间将欧迦娜公主的魔法棒击飞，巨大的冲击波将欧迦娜公主推出了几米远，歪歪斜斜地跌入迅速赶来的骑士怀里。莱茵奥特的出手及时化解了特蕾娅眼前的危机。

"呼！好，好险！"特蕾娅抬手擦了一把额头的冷汗，松了口气，一想到刚才差点儿遭到巨蛇袭击，浑身便止不住地战栗。

"莱茵奥特！"特蕾娅感激地看着朝自己走来的人，心有余悸地颤声叫道。莱茵奥特伸手将她扶起来，递给她一个安心的眼神。咻咻着迷地望着莱茵奥特，在特蕾娅耳边惊叹："哇，主人，你有没有发现，莱茵奥特每次出手都那么帅！简直帅得不要不要的！"

欧迦娜一把推开扶住自己的骑士，气急败坏地冲着莱茵奥特喊道："我们在练习攻击术，你跑来插手做什么？"

"欧迦娜公主，您对一个毫无魔法基础的公主使用蚀骨

第四章
花园里的神秘身影

术,这未免太霸道了吧,如果圣露西亚公主学院连这种黑暗魔法都允许随意使用,我不得不怀疑特蕾娅公主是不是来错了地方。"莱茵奥特一脸严肃地沉声说道。

欧迦娜公主飞快地瞄了一眼阿姆达公主,气势顿时消减了大半,愤愤不平地瞪向多事的莱茵奥特。欧迦娜公主身后的骑士匆匆来到莱茵奥特身旁,低声替主人道歉:"对不起,是我家欧迦娜公主求胜心切,过于意气用事了,请您多多包涵。"

阿姆达公主镇定自若地保持着微笑,眼波不着痕迹地从莱茵奥特身上掠过,淡淡笑道:"欧迦娜公主违反学校规定,非法使用黑暗魔法,罚写校规一百遍。课后,请欧迦娜公主找我一下。"

就这样,一堂魔法课在有惊无险中结束了。其他公主走后,满腔怒火的特蕾娅再也按捺不住心头的怒火,从座位上"腾"地站起,握着拳头气冲冲地向外走去,像头盛怒的小狮子。"那些公主都是什么啊,初次见面就对我下狠手,没有一点儿修养和风度,我看她们巴不得想看我出丑呢!气死我了!"莱茵奥特背着手跟在后面,并无意制止特蕾娅发泄怒火。

"这你就受不了了?该不会禁不住打击想逃离这里吧?"走廊里响起一个熟悉的女声。维维亚娜抱着双臂悠闲地斜靠在一根雕花墙柱旁,好像在等人。"这也怪不得别人,欧迦娜公主不过是想试试你的水平罢了,谁能想到堂堂叶塞尼娅女王的女儿竟然一点儿魔法基础都没有。你要是就这么夹着尾

巴逃走,才会引来更多人的嘲笑呢!"

"谁……谁说我要走了?我才没有那么容易被打败呢!走着瞧,我一定能学会比你们都厉害的魔法!"特蕾娅不甘示弱地说道。她最反感别人小瞧自己,尤其是在骄傲的维维亚娜面前。维维亚娜微微扬起嘴角,抬着下巴傲视着特蕾娅,一副很骄傲的模样:"那好啊,那我就看看你到底能坚持多久。魔法能力为零还有自信夸下海口,我还是挺欣赏你这种'初生牛犊不畏虎'的勇气。"维维亚娜淡淡一笑,转身离去。

特蕾娅被维维亚娜的语气深深刺激到了,望着她离去的背影,在心底暗暗发誓:走着瞧!不做出点儿样子我决不离开圣露西亚公主学院!不过当特蕾娅走出皇宫般的大楼,环顾四周时,自信与勇气顿时被迎面而来的风吹得消失殆尽。

下了课的公主们三三两两地分散在庭院各个角落,挥舞着魔法棒。她们玩着相互攻击的游戏;也有人用魔法棒搅动着池中的水,形成无数的小漩涡,不时还有水珠飞溅到空中;还有人站在树旁一手拿着服饰画报,一手挥舞着魔法棒对自己施展魔法,将书中的服饰一一换到自己身上;年纪最小的梅格公主跪坐在树下,用魔法棒生出一阵旋风席卷着地上的草叶,形成一条草龙,旁边的骑士手中捧着好几个已经做好的草制玩偶。

特蕾娅愣愣地站在前庭台阶上,不敢相信地睁大眼睛看着眼前这一切,没想到她们已将魔法运用得这般自然了,而她除了一招赫赫巴斯攻击术外什么都不会,她跟她们简直是天壤之别。

第四章
花园里的神秘身影

不知道她什么时候才能达到她们的水平,特蕾娅泄气地低下头,自嘲地低语:"看来维维亚娜说得不错,我的确有点儿不自量力,现在的我远远不是她们的对手。"她颓丧地耷拉着肩膀,像只斗败的公鸡,毫无斗志地拖着沉重的脚步朝庭院深处走去。圣露西亚公主学院由几幢欧式宫殿般的主楼构成,呈半环形分布,背后则是大片的草场和后花园。特蕾娅往后花园的方向走去,绕过一幢建筑物时,一个低沉的带着几分赞赏的声音从绿化带后面传来:"你做得很好,你已经具备了一名优秀魔法师该有的勇气与实力。以后只要按我的话去做,我保证我们会成为很亲密的朋友。"

"咦?这个声音是……阿姆达公主?"特蕾娅脚步一顿,停在了原地。

"我会努力的!老师再见!"绿化带后面闪出一个轻快的背影,欧迦娜拎着裙摆朝这边跑过来,从特蕾娅面前经过时,她分外得意地瞥了她一眼,样子别提多神气了。奇怪,新来的魔法课老师阿姆达公主非但没有训斥欧迦娜的行为,反而对她大加褒奖,这是什么路数啊?特蕾娅看着欧迦娜的背影颇为诧异。这时,她突然觉察到有人在注视自己,这种被人注视的感觉让她感到莫名发冷,就像整个人掉进了冰窖似的不禁打了个寒战。她清晰地记得,第一次遇到黑巫师时就有这种阴森森的感觉。

特蕾娅不安地转回头,不期然地,撞上一张含笑的脸庞。不知何时绿化带旁多了一道纤细优雅的身影,阿姆达公主

静静地立在那儿,脸上依旧带着迷人的浅笑。

　　结束了一天的学习后,莱茵奥特借着熟悉校园的理由带特蕾娅出来散心,看着特蕾娅低着头若有所思的样子,跟在后面的莱茵奥特出言问道:"特蕾娅公主,你白天看到阿姆达公主时表情怪怪的,是对她有什么看法吗?"特蕾娅烦躁地抓了抓头发,唉……要不要跟莱茵奥特说呢?那个阿姆达让她感到很不踏实,总觉得她看向自己的眼神怪怪的,可是阿姆达的举手投足间又时刻洋溢着亲和的笑容,让人看不出半点儿破绽,难道所有的一切都是她的错觉?特蕾娅郁闷地埋头走了一会儿,皱着眉头犹豫地说:"这个……我也说不好,只是觉得阿姆达公主有点儿可怕,为什么会有这种感觉我也说不清楚,只是一种感觉。而且,阿姆达公主好像也不喜欢我。"特蕾娅无奈地耸了耸肩。

　　"这里所有的教员都是为各国的公主服务的,无论她们喜不喜欢、高不高兴,照顾公主都是她们不能推卸的职责。"莱茵奥特背手答道。"看那些侍者的表情就知道,我大概是这里最不像公主的人。要在这里站稳脚跟,必须想办法恶补一下初级魔法才行。"特蕾娅从兜里掏出一张公主学院的全景地图,地图上陆续跳出许多形形色色的小人儿,从小人儿的衣着发饰上很容易看出它们的身份。特蕾娅看到"自己"静静地站在圣露西亚公主学院后花园的休息区。"这个很像我们人类世界的智能地图嘛,让我找找学院的图书馆在哪儿。"她抬起头环顾四周与地图对照,突然,她注意到一片衣角从不远处的大理石

第四章
花园里的神秘身影

雕像后面一闪而过。是谁？这里除了她还有别人！特蕾娅忙低头看向手中的地图，奇怪，地图显示这附近除了她并没有第二个人存在。可是她刚才明明看到有人走过去，那片衣角很像这里的老师们穿的魔法长袍。

"莱茵奥特，这份地图真能显示出所有人的位置吗？那什么情况下有人的位置是不会被显示出来的？"特蕾娅好奇地问。

"除非是地位较高的管理人员，或是不想被人发现刻意隐藏自己的位置的人。"

刚才那个人溜得那么快，鬼鬼祟祟的，这可一点儿也不像老师和管理人员的举动！想到这儿，特蕾娅顿时觉得有趣，在强烈的好奇心的驱使下，她笑眯眯地冲莱茵奥特勾勾手指，压低声音说："我们玩个捉迷藏的游戏如何？跟我走！"她飞快追到那个人溜走的地方，躲到灌木丛后面，偷偷探头张望。那个神秘人的动作很快，她只来得及捕捉到一个模糊的背影。"特蕾娅公主，你发现了什么？还是在找什么？"莱茵奥特一头雾水，不知道特蕾娅怎么突然兴冲冲地在林子里钻来钻去，还一副乐此不疲的样子。

"嘘！我发现了一个人，地图里没有她的资料，我猜这家伙似乎不想让人发现她的行踪。"特蕾娅竖起食指在唇边嘘了一声，一双灵动的眼睛显得异常明亮。莱茵奥特不以为然地轻笑："我想应该是你看错了，这里的教职员可以自由出入任何地方，没必要掩人耳目。公主们无论去哪儿，身边也都有骑士

陪同，不会私自行动的。"

会是这样吗？特蕾娅听了莱茵奥特的分析，反而更有兴趣了，兴冲冲地嘿嘿笑："听你这么说，我倒觉得那个人更可疑了！我一定要搞清楚！"就这样，特蕾娅为了跟踪一个不知身份的神秘人，在后花园里展开了追逐战。不知是不是那个神秘人有所觉察加快了脚步，等特蕾娅追到河畔时，已然找不到那个人的踪迹了。

特蕾娅站在原地四处张望，低声自语："那家伙真够狡猾的，为了甩掉我故意在园子里绕来绕去！什么人会这样避人耳目，偷偷摸摸的？这倒让我更好奇了呢！"特蕾娅嘴边挂着坏笑，猫着腰在丛林间的小河旁细细搜索，寻找着蛛丝马迹。这时，河边一排湿乎乎的脚印引起了她的注意。脚印是朝着不远处的一幢建筑去的，那边的建筑被百年古树环绕，很容易隐藏行踪。特蕾娅狡黠地一笑，这个家伙肯定是就近躲了起来！

"特蕾娅公主，你到底在找什么？我们追了一路并没有发现别人的踪迹。"莱茵奥特忍不住问道。特蕾娅专注地看着前方，眼睛比以往任何时候都要明亮，她狡黠地眨了下眼睛："不，相信我，我已经知道那家伙在哪儿了！快来！"特蕾娅像是被禁锢的小鹿闻到了诱人的果实一般，欢快地朝前方追去。

一栋暗红色、镶金边的建筑赫然出现在他们眼前，看上去就像一座精致典雅的礼堂。特蕾娅仰起头打量着这座被参天古

第四章
花园里的神秘身影

树掩映的建筑,不禁发出一声惊叹:"这里好像是吉娜老师说的圣露西亚公主学院的图书馆,位置好像有点儿偏僻,都没有人来过。"

"特蕾娅公主,天快黑了,还是早点儿回去吧。"莱茵奥特抬头看了眼天空,劝道。

"还早着呢,我可不想这么早回去面对那些公主。本来受排挤的生活就够郁闷了,要是再不找点儿乐趣我会疯的!"特蕾娅无奈地翻了个白眼,兴冲冲地拉了拉莱茵奥特,手指着图书馆压低声音说,"我敢打赌,那个人肯定是躲到图书馆里了!想想看,什么人不光明正大地进图书馆,而要偷偷摸摸进去?这里面肯定有问题!"

她收起地图塞到背带裤的兜儿里,招呼着莱茵奥特走向那座图书馆。它看上去年代久远,墙体靠近地面的部分长了很多青苔,老旧的彩色玻璃窗上蒙着厚厚的灰尘,无法隔窗看到里面的情形。这座隐藏在茂密古树林中的建筑,地处偏僻,很少有人来,除了风吹树叶的窸窸窣窣的声响外,静得听不到别的声音。

特蕾娅绕着图书馆转了一圈,居然没有找到入口,她叉着腰抬头望去,嘴里不满地嘟囔:"奇怪,怎么没有门呢?"

"也许是里面收藏着一些贵重东西,所以将门口隐藏起来了。魔法大陆很多国家都会采用这样的方法。我来试试。"莱茵奥特抽出魔法棒对着图书馆念出一道咒语,墙壁上很快隐

现出一道低矮的小拱门。"哇，真有点儿像《芝麻开门》的意思呢！进去看看！"这种特别的开门方式引来特蕾娅极大的兴趣，她兴冲冲地奔了进去。一踏进图书馆，特蕾娅就被眼前的景象惊呆了。

图书馆大厅里摆满了一排排的书架，每排书架都有两层楼那么高，像一棵棵笔直的参天大树。墙壁上也被一层又一层的书架占据，从地面直达屋顶。每排书架间摆放着一个可以自由转换方向的云梯，方便读者取书。虽然墙壁上开着许多圆形小窗，但对照明似乎没有太大的作用，更像是方便室内空气流通的通气孔，而真正提供照明的则是浮动于书架间的一颗颗硕大的夜明珠，它们像有生命的小鱼，在大海中或高或低地缓慢游动，散发着淡淡的光芒，犹如夜空中的繁星，给整个图书馆营造出一种虚幻唯美的氛围。偌大的图书馆安静得很，静得听不到任何声音。特蕾娅扭头看向门旁的服务台，穿着魔法制服的管理员正趴在柜台上呼呼大睡，对他们的到来浑然不觉。

"这里的管理真够松懈的，进来人也不晓得，也不知道我跟踪的那个家伙有没有躲进来。"特蕾娅小声念叨着，放轻脚步往里走去。"我们追了一路也没有发现什么异常，应该是你看错了，也许是林中逃窜的小动物呢。"莱茵奥特轻声道。

"咻咻也没有发现什么奇怪的地方，主人，你该不会是贪玩，故意编出来的吧？"咻咻趴在特蕾娅的发辫上，晃头晃脑地坏笑。

第四章
花园里的神秘身影

特蕾娅搜索了一遍大厅,的确没有发现其他人的踪迹,她抬头望向通往楼上的浮梯说:"好吧,也许是我看错了,不过倒让我有了意外收获,以后这里就是我的秘密基地啦!这是属于我一个人的地方!"特蕾娅环顾四周,满意地点了点头,她很开心能找到这样一个不被打扰的地方。

"主人,快点儿回去吧,咘咘的肚子都饿扁了!饿得连眼皮都快睁不开了。"咘咘有气无力地哀求。"好,知道了!你先跟莱茵奥特到门口等我,我去挑本书。"咘咘被莱茵奥特接了过去,转身朝外走去。特蕾娅好奇地拨弄了一下刚刚从眼前飘过的夜明珠,扭头看向书架上整排的图书,一本厚厚的《魔法启蒙》吸引了她的视线。"好厚的书啊,非要看这些大部头的书才能学会魔法吗?真要命呀!"她低声自语着,将那本《魔法启蒙》从书架上抽了出来,低头翻看。

"嚓嚓……"耳畔响起一阵窸窸窣窣的声音,声音离她很近,听起来格外清晰。"咦?什么声音?"特蕾娅用余光扫了一眼,注意到刚才取书的那排书架上,一本书从上面慢慢滑了下来,悄无声息地沿着书架之间的过道直线飘移。特蕾娅猛地抬起头,惊骇地睁大眼睛,一副受到了惊吓的模样!"妈呀,这……这是什么情况?周围明明没有人,书却像长了腿似的自己从书架上移了出来!"特蕾娅从来没有遇到过这种情况,心里害怕极了。但是当她想到这是魔法学校的图书馆,此刻的情形就容易接受多了。可是她现在还不会什么魔法,万一有人要

害她,那可就糟了。想到这儿,她只觉得后背一凉,顿时起了一身鸡皮疙瘩,浑身不住地打哆嗦。

特蕾娅本想赶紧把莱茵奥特喊来,却因为过度紧张而发不出声音。又突然想到,这个时候悄悄地逃走才是最好的办法。于是她把书紧紧抱在怀里,极力忍住想尖叫的冲动,目视着前方,迈着僵硬的步子朝相反的方向走去,特蕾娅在心里一遍遍给自己催眠:"没看见……没看见……什么也没看见……"一走到书架的尽头,她就飞快地躲到书架侧面,紧紧贴着书架,大气都不敢出一下。

"扑通……扑通……"特蕾娅清晰地听到自己心脏狂跳的声音。

她不是在做梦吧?特蕾娅迅速让自己冷静下来,小心翼翼地探头望去。咦?那本飘浮在空中的书不见了!它去哪儿了?特蕾娅伸长脖子张望了一会儿后转回头,眼前的一幕吓得她差点儿尖叫起来,一连后退了几步——消失的那本书竟然停在她身后!看着书一点点朝她逼近,她紧张地一步步向后退,直到后背抵到了书架上。妈呀,它想做什么?特蕾娅满脸紧张地盯着它,那本书飘在与她的脸平齐的空中,好似一张好奇的脸正对着她打量。过了一会儿,书向后退了一步,倏地飞去了书架后面。

第五章
图书馆里的隐身人

特蕾娅屏息凝神,注意到黑色斗篷里面露出一片衣角,那是魔法老师的制服!圣露西亚公主学院的老师可以自由出入图书馆,为什么这个老师要偷偷摸摸地进来?

它这是要去哪儿？特蕾娅在好奇心的驱使下，忘记了害怕，蹑手蹑脚地朝它消失的地方追去。她绕过书架一看，一张面带微笑的苍老面孔冷不丁地从书架后面闪了出来，把她吓了好大一跳。飘逸的银白色长发和胡须，锐利而明亮的湛蓝色眼睛，鼻梁上架着一副半月形的眼镜。他饶有兴趣地打量着她，冲她眨了眨眼睛，低声笑问："你是新来的？对不对？我好像第一次见到你。"特蕾娅注意到他穿着白色魔法长袍，怀里抱着刚刚从书架上取下来的几本书，应该也是来借书的，她用手按着怦怦乱跳的心脏长长地呼了口气。"啊，是的！我叫特蕾娅！我今天刚到圣露西亚公主学院。"

特蕾娅平复了一下紧张的心情，转头看向四周，心头暗暗纳闷，刚才那本会飞的书跑到哪儿去了。"特蕾娅……你就是被叶塞尼娅女王藏起来的那个孩子？"老人回想片刻，很快知道了她的身份，惊讶地冲她上下打量。特蕾娅没想到自己在魔法世界这么有名，这么多人都认识她？特蕾娅有些意外地点了点头。老人脸上的微笑更深了，和蔼可亲的表情里透着一丝孩子般的好奇。"怎么样？第一次来到圣露西亚公主学院是什么

第五章 图书馆里的隐身人

感觉?"

"不好。至少我目前是这样认为。"特蕾娅两手叉着腰耸了下肩,大大方方地坦言道。

"为什么?这里不好吗?"老人对她的回答感到有趣,笑着追问。特蕾娅无奈地叹了口气,把积了一肚子的闷气对着陌生人一股脑儿地宣泄了出来:"我以前还以为当公主是件多么美好的事,现在才知道,它带给我的除了惊吓还是惊吓。我对塞尔西亚国一无所知,突然间被人扣了顶公主的帽子带到了这里,到了这里后我又发现自己跟其他人的差距太大,我除了有个公主头衔外,什么都不懂,而其他人都已经是魔法师了。我感觉自己在她们中间像是个异类,受到排挤也是意料之中的事。"

"那你打算怎么办?这样沮丧下去可不是办法。"老人看到特蕾娅拿在手里的《魔法启蒙》赞赏地点点头,"所以你想暗中努力,补下落后的功课?"特蕾娅掂了掂手中沉甸甸的书,脸上露出心虚的笑:"这个,我很想努力啦,可是我从小一看到密密麻麻的文字就头痛,我觉得自己不是学习这块料。"

"不难理解,这一点倒跟你的母亲很像。你的母亲曾经也不爱学习,调皮捣蛋从来少不了她。你这是遗传了你母亲的基因。"老人伸出细长的手指点了点特蕾娅的脑袋,温柔地笑道,"那么,你来到这儿难道不是来借书的吗?"

"当然不是,我是跟着一个神秘人来的,不知怎的就来到

了这里……"特蕾娅把她在后花园发现的那桩怪事原原本本地讲述给老人听。老人听得很认真,一脸若有所思的样子,眉头也微微地皱了起来。"……当我追到门口他就不见了踪影,所以我才想进来看看的。莱茵奥特说我是看花了眼睛,可是我敢打赌,我的感觉没错,肯定是那个人发现了我,故意在林子里兜来转去,想把我甩掉。"

"特蕾娅公主?"图书馆门口方向传来一声高喊。

"啊,莱茵奥特在叫我,我该回去了!很高兴跟您聊天!"特蕾娅回头看了一眼出口方向,匆匆抓起老人的手用力一握,热情地说道。老人弯下腰来,亲和力十足地在特蕾娅的手上拍了拍,脸上的笑容漾得更深了:"我也很高兴跟你聊天,特蕾娅公主,如果你想尽快掌握魔法技巧,每天放学后可以来这里,我想我可以帮忙。记得要一个人来哦!"

"那真是太感谢您啦!只要不用看那些令人头痛的书,多么累的事我都愿意做。回头见!"特蕾娅像只鸟儿飞了出去。望着她跑开的背影,老人缓缓直起身,眼中流露出温柔的笑意,自言自语地低声说道:"一看到她,我就想起了叶塞尼娅公主刚入学时的情形,感觉就像昨天的事,不知不觉新的一代已经成长起来了……莱茵奥特,这个名字我好像在哪里听说过,唉……年纪大了记性也不好了……"老人念念叨叨地抱着书转过身,朝书架一侧的通道走去。渐渐地,身影越来越透明,不一会儿,消失在了空气中。

"特蕾娅公主,你找书怎么找了这么久?"莱茵奥特奇怪

第五章
图书馆里的隐身人

地问道。

"刚才遇到了一位老爷爷,跟他聊了好一会儿,他真是一位风趣健谈的人!"特蕾娅开心地笑道,这是她入学第一天遇到的唯一能谈得来的朋友。莱茵奥特和咘咘一起用奇怪的眼神看着她:"这里除了我们并没有其他人进来。你确定没有看错?"特蕾娅忍不住翻了个白眼:"拜托,那么一个大活人我还能看错?对了,他应该还没有走远,我带你去看!"为了证实自己所言不虚,特蕾娅拉着莱茵奥特快步来到跟老人交谈的地方。"咦?怎么不见了?他走得好快呀!"她挠着头,有些意外地打量四周,书架上整整齐齐的,原来移动的浮梯也移回原来的位置,看不出任何有人来过的痕迹。

"这座图书馆是圣露西亚公主学院中最古老的建筑,早在学院建成之初它就已经存在了,据说越是历史悠久的建筑越有不可思议的事发生!"咘咘冲着特蕾娅眨着明亮的眼睛,煞有介事地说道。"是……是这样吗?"听了咘咘的话,特蕾娅猛地一哆嗦,仿佛想起什么,脸上浮现出惊恐的表情,结结巴巴地从嗓子里挤出一句话来:"老天!这里……不会有……'飘飘'吧?"刚才特蕾娅还一副无所畏惧的样子,此刻又缩起脖子紧张地瞄着四周,像只受惊吓的小白兔,莱茵奥特忍住笑,安抚地摸了摸她的头。

一想起飘浮在空中的书和突然出现的陌生老人,特蕾娅总觉得哪里怪怪的,整件事存在太多的疑点。那个老人是谁?真的如咘咘所说他是"飘飘"吗?他约她放学后去图书馆找他,

到底要不要去呢？特蕾娅坐在教室里，托着下巴，眼睛瞄着窗外，心思早就飞到了九霄云外。阿姆达公主频频用教鞭敲打课桌提醒特蕾娅集中精神，不时引来公主们的侧目。

一阵悦耳的鸟鸣声响起，终于下课了。阿姆达老师前脚刚走，特蕾娅紧接着就抱起课本匆匆跑出了教室。"主人这么着急要去哪儿啊？"睡了一天的咻咻神气十足地从特蕾娅的斜挎包里钻出来，"噌噌"两下爬到主人的肩头。它跟主人一样对枯燥的课本毫无兴趣，一上课就忍不住打瞌睡。"那个老头儿到底是'飘飘'还是人，我一定要把这个问题搞清楚！"特蕾娅领着莱茵奥特，绕过宫殿般的教学楼朝图书馆方向跑去。

天有些阴沉，大团大团的乌云掩盖了天空，从树林里刮过的风中掺杂着雨水的味道，似乎正酝酿着一场大雨。特蕾娅脚下踩着松软的腐殖土，快步穿过浓密的松林和古杉后来到图书馆。这次没等莱茵奥特帮忙，特蕾娅就自己喊出了破解大门伪装的咒语。图书馆的门再次显露出来。莱茵奥特刚要跟进去，特蕾娅脑海中倏地跳出老人分手时说的话：要一个人来哦！她忙伸手拦住莱茵奥特："你在这里等我，不用跟进去了。帮我照顾咻咻！"她不管咻咻怎么挣扎着四肢强烈反对，还是把咻咻交到莱茵奥特手中。

"你确定要一个人进去？"莱茵奥特有些惊讶于特蕾娅此时表现出来的勇气。她明明最怕的就是"飘飘"，现在居然敢一个人去面对那位神秘老人。"怕什么？遇到危险我只要扯开嗓门大喊，剩下的事嘛……就交给你了！"特蕾娅冲他调皮地

第五章
图书馆里的隐身人

眨了下眼睛,然后跑了进去。跟上次来时一样,整个图书馆寂静无声,管理员依旧趴在柜台上沉沉地睡着。特蕾娅刻意放轻脚步,一边悄悄走过一排排书架,一边警惕地环顾四周,耳边随时倾听着可疑的声音。

"我还以为你不来了呢,特蕾娅公主。"寂静的大厅里蓦地响起一个带着笑意的声音,那声音来自前一排书架的后面。特蕾娅的脚步猛地停在原地,心怦怦地跳动起来。她没有忘记这次来的目的,脚步一顿后又轻轻向前迈了一步,悄悄探出一颗小脑袋,朝书架后面瞄去。只见老人坐在一米多高的"之"字形浮梯上正在翻看着书,听到脚步声,他满脸笑容地朝特蕾娅这边看来。"既然来了,那我们就开始吧。我为你选了几本初级魔法书。你不喜欢看那些密密麻麻的文字,那我用说的方式讲给你听。"

老人的笑容很真诚,举手投足间也很自然,似乎对这里十分熟悉……特蕾娅初步判断眼前的老人绝对不是"飘飘"!她放心地走了过去。"为什么我每次看见图书管理员她都在睡觉,对自己的工作一点儿也不尽职尽责?"特蕾娅奇怪地问。

"那是因为她的话太多了,而我喜欢静静地看书,所以我每次来的时候,就会对她施点儿小动作让她先睡上一觉。"老人调皮地眨了下眼睛。

接下来,老人毫无顾忌地坐在梯子上耐心地为特蕾娅讲解魔法大陆的历史,特蕾娅则盘腿坐在地上认真地听着。老人说起话来很风趣,就连枯燥的魔法大陆的历史都被他讲得格外有

趣，说到好笑的地方经常笑得胡子乱颤，特蕾娅也笑得前仰后合。轮到做魔法练习时，老人亲自为特蕾娅做示范："每支魔法棒都有自己的生命，你要将魔法棒视为自己延伸的手臂，心灵相通，就能发挥出巨大的威力。比如这几个最有威力的攻击术。"特蕾娅看完老人传授的几招魔法，立刻学着老人的动作帅气地一挥魔法棒。"轰"！寂静的大厅轰然作响，只见他们面前的书架被特蕾娅的攻击波震得一晃，接着向后倾倒，第一排书架撞倒第二排，第二排又压倒第三排……"哐哐"！图书馆里接二连三地响起了撞击声。

特蕾娅吃惊地张大嘴巴，目瞪口呆地看着整齐排列的书架，犹如多米诺骨牌般一个个倒了下去，无数书册从书架上散落下来，转眼间整个图书馆变成了惨不忍睹的"战场"。"完……完蛋了！闯祸了……"看着一片狼藉的图书馆，特蕾娅愣愣地站在原地，整个人都傻眼了。她满脸心虚地偷偷瞄向旁边的老人，等着老人冲她破口大骂。没想到的是，老人居然没有半点儿生气，扬了扬眉头，用歉意的语气说道："是我的错，我忘记你使用的是神龙龙骨制成的魔法棒，威力比一般的魔法棒要强得多。不用担心，这里的一切都已经被我保护起来了，现在我们正处于镜像空间，它看上去跟真实的场景一模一样，无论你做什么都不会破坏这里。现在我来教你魔法中的复原术。"

特蕾娅在老人的指点下陆续地将倾倒的书架一一扶正，散落在地上的书册也纷纷离开地面，飞回原位，看到大厅被恢

第五章
图书馆里的隐身人

复如初，特蕾娅脸上露出惊喜的笑容，兴奋地挥舞着手臂跳起来喊道："哇，太有成就感了！使用魔法的感觉真是太赞了！""好了，我有点儿累了，你在这里继续练习吧，我要回去好好休息一下了。"老人扶着浮梯从上面慢慢走下来，捶着酸疼的腰转身离去。"老爷爷，我该怎么称呼您？"特蕾娅一回头，发现身边已经空了。等她追出书架左右张望时，老人早已消失不见了。

"奇怪，他又不是风能'咻'地一下消失，怎么可能走得这么快呢？"特蕾娅抱着双臂仔细琢磨这个问题，越想越觉得不对劲儿。"踏踏……踏踏……"寂静的大厅里不知从哪里传来细微的声响。特蕾娅眼前一亮，一定是他的脚步声，他果然还没有走远！她循着轻微的脚步声，蹑手蹑脚地穿过几排书架，从书架后面悄悄探头，想看看这位老人到底要去哪里。

听着脚步声越来越近，很快一个小小的身影从书架后面闪了出来。咦？身形好像不对，个头儿也比那位老爷爷矮一点儿，看上去似乎是个女人！特蕾娅躲在暗处偷偷地观察。来人身上披着黑色斗篷，宽大的帽兜垂下来遮住她的脸庞，让人无法看清她的样子，她走了几步，谨慎地环顾四周，确定没有人发现后，溜着墙边快步朝通往楼上的楼梯走去。

看她鬼鬼祟祟的样子，急不可待地往楼上奔去，就像小说中的妖魔鬼怪盯上了可以饱餐一顿的猎物一样。

特蕾娅屏息凝神，注意到黑色斗篷里面露出一片衣角，那是魔法老师的制服！圣露西亚公主学院的老师可以自由出入图

书馆，为什么这个老师要偷偷摸摸地进来？特蕾娅好奇地跟上去，躲到楼梯侧面观察。神秘老师匆匆来到楼梯尽头的一扇门前。她推了推门，门没有打开，她便抽出魔法棒，指着门压低嗓音喊道："卡布奇斯，开！"

这个声音……是阿姆达公主！特蕾娅认出了来人的身份，心里暗暗吃了一惊，她蹑手蹑脚地往上走，想搞清楚阿姆达公主偷偷进来到底要做什么。

门没有任何反应，阿姆达似乎有些着急，握住魔法棒的手微微发抖，她气急败坏地一连喊出好几种开门咒语。"吱扭"，当她喊完最后一个开门咒语，楼梯尽头的门应声而开。为了靠得更近一些，特蕾娅不由得加快脚步，没留神脚下踩到了一个异物。"咔嚓"，微小的碎裂声从她脚下传来，在寂静的大厅里显得格外清晰。什么东西？她受惊吓地抬起脚，低头看向脚下，一只发卡刚刚被她踩碎了，似乎是从阿姆达公主头上掉下来的。

"谁？"正准备进门的阿姆达公主警觉地低喝，扶着楼梯栏杆，倾着身子朝下面望来……

糟了！被发现了！特蕾娅慌忙捡起地上的发卡，迅速退到墙边紧贴着墙壁，眼睛紧张地瞄着上方，大气都不敢出。神啊，千万不能让阿姆达公主发现是她！

楼上静得出奇，阿姆达公主好像正在凝神听着可疑的声音。"扑通，扑通"，在一片不可思议的寂静中，特蕾娅清楚地听到自己剧烈的心跳声，快得几乎要跳出嗓子眼儿了。

第五章
图书馆里的隐身人

"咯咯!好孩子,出来吧,不要再躲了,我已经看见你了哟。"阿姆达公主充满诱惑的声音响起。笑声轻飘飘的,却又带着一丝深入骨髓的寒意。特蕾娅浑身激起一层鸡皮疙瘩,她心里又惊又惧,紧贴着墙壁一步又一步地往后退。趁阿姆达公主没有发现,她风似的冲下楼梯,朝着大门口拔腿狂奔。

"主人终于出来啦!"特蕾娅一跑出图书馆,藏在草丛里的咘咘骨碌碌地滚到她面前,开心得叽咕叽咕地叫。莱茵奥特闻声迎了上来,看到特蕾娅神色有些紧张,关心地问道:"你还好吧?怎么脸色这么差,发生了什么事?"特蕾娅捂着怦怦乱跳的心脏,回头朝图书馆里瞥了一眼,慌张地推着莱茵奥特往灌木丛后面躲。"嘘!别说话,快躲起来!"他们透过树叶的缝隙向外张望。

他们刚藏好,就有人从图书馆里追了出来。阿姆达公主站在门口东张西望,却什么人都没有看到。一无所获的她咬着红艳艳的嘴唇,气呼呼地甩了一下手中的魔法棒,趁四下无人,她拉低帽兜匆匆离去。

"咦?阿姆达公主怎么在里面?咘咘光顾着玩游戏,都不知道她什么时候进去的。"咘咘转动着乌黑溜圆的眼珠子,困惑地说道。

眼看着天色渐黑,他们一起沿着原路返回。莱茵奥特注意到埋头走在前面的特蕾娅有些心神不宁,关心地问道:"那个阿姆达公主有什么问题吗?为什么你的脸色那么难看?"

一直沉默的特蕾娅冷不丁冒出一句:"我敢打赌,阿姆

达公主这个人绝对有问题！"然后，她将自己在图书馆里撞见阿姆达公主的事一五一十地讲了出来，"阿姆达公主明明可以光明正大地出入图书馆，为什么却鬼鬼祟祟的，好像生怕被人发现。幸好我溜得快，不然她就会发现是我在跟踪她。那个图书馆管理员也真是的，每次来她都在睡觉，我跑出来的时候故意用攻击术打醒了她，就算阿姆达公主不想被人发现也无济于事，估计管理员已经看到她了！"

"主人真够机灵的，希望主人下次去图书馆不会被管理员挡在门外！"咻咻龇着牙嘿嘿地坏笑。

"在没有真凭实据之前，这件事公主最好不要声张，阿姆达公主有老师这个身份在，出入图书馆本就无可厚非。况且你并不喜欢阿姆达公主，有时个人的喜好和情感也会左右对事情的客观判断。"莱茵奥特背着手跟在特蕾娅身后，提出一个中肯的建议。特蕾娅挑着眉斜了他一眼，看不出这个比自己大不了几岁的少年为人处世竟然这么老成稳重，心里暗暗思忖：不知道他在魔法大陆有过怎样的经历，更不知道他在人类世界又经历过什么样的苦难，想必他身上也背负着太多的苦难和秘密。不过特蕾娅没有打探别人隐私的习惯，也许不久的将来，等他相信她的时候，会主动将自己的身世全部告诉她。

萝莉大冒险 ②

第六章
暗夜狼踪

一匹草原狼潜伏在灌木丛，正虎视眈眈地盯着她，一双嗜血般的兽目充满了对猎物极度的贪婪与渴望，分明将她当成了饱腹的猎物！而它正是从梅格房间里逃走的那匹狼！

　　时间一分一秒地过去了,空中飘起了毛毛细雨,穿林而过的夜风夹带着潮湿的雨水气息,一阵紧似一阵,吹得树枝不停地摇摆乱颤。特蕾娅和莱茵奥特赶在大雨来临之前跑回了学生宿舍。走廊里很静,公主们都已入睡。"嗷呜……呜呜……"经过一扇紧闭的房门时,一阵断断续续的叫声飘进了特蕾娅的耳朵,她停住脚步,诧异地看向那扇房门。"你们有没有听到什么?"

　　咘咘灵活地转动着一对尖耳,在主人耳边低声细语:"咘咘听到了奇怪的声音,听上去像是狼嚎……可这里不可能有狼!"咘咘觉得不太对劲儿,它飞快地摇着脑袋打消了自己的猜测。听着模糊的怪音,特蕾娅抓着门把正要进去瞧瞧,莱茵奥特及时拦住她:"特蕾娅公主,这是梅格公主的房间,深夜进出公主的寝室恐怕不太方便,还是先问问她的骑士吧。"

　　"拜托!她是女的,我也是女的,有什么不方便?你的想法真是好奇怪啊!"特蕾娅忍不住翻了个白眼,也不知莱茵奥特在顾虑什么,比老头子还啰唆。两个人正说着话,又一阵奇怪的叫声从屋里传来,咘咘警惕地竖起了耳朵。

第六章
暗夜狼踪

"主人，里面的声音不对劲儿，听上去根本不像……梅格公主的声音。"咻咻不安地叽咕叽咕叫着。

特蕾娅立刻趴到门上侧耳细听，她听到了急促的喘息声和痛苦到极点的呻吟声，仿佛有人正在忍受极大的痛苦。特蕾娅的心一下提到了嗓子眼，她倒吸了口气，果断地说道："管不了那么多了，如果得罪了梅格公主，大不了跟她道歉！"特蕾娅一下子推开了门，就在那一刻，一道黑乎乎的影子从卧室里蹿了出来，倏地跳到了会客厅的窗台上。客厅的窗户大开着，冷风不断地从窗口灌进来，浅粉色的纱帘随风乱舞。

那是什么？特蕾娅神情一凛，直直地盯着正对着门口的窗台，那黑影被窗纱遮掩着看不真切，只能隐约看到窗纱后面透出一个四条腿的模糊轮廓。就在这时，一道明晃晃的蛇形雷电划破夜幕，将昏暗的室内瞬间照得通亮。特蕾娅的眼睛倏地睁大，不敢置信地叫道："啊！是……是狼！"

那竟然是一匹壮硕的草原狼！怎么回事？梅格公主的房间怎么会跑进一匹狼？特蕾娅的惊叫声惊动了草原狼，它扭头朝门口方向看来，一双凶残的兽目透着嗜血般的光芒，锋利无比的尖牙，不断有口水从齿缝间流出。"小心！"莱茵奥特一把将吓呆的特蕾娅扯到自己身后，抽出魔法棒指向窗台上的狼，顿时甩出一道刺目的冲击波。草原狼"嗖"地抢先一步跳下窗台，消失于黑暗中。

"梅格……梅格公主！"特蕾娅连忙冲进梅格公主的寝室，只见室内满地狼藉，凌乱不堪的床铺上还有几滴鲜红的

血,整个房间就像经过了一场激烈的打斗似的。梅格公主不知去了哪里。

"特蕾娅公主,熄灯时间已经过了,深夜为何不在自己房间里却在梅格的屋里?"前来巡夜的吉娜老师出现在梅格房间门口,目光责备地看着特蕾娅,脸色不怎么好看。

"吉娜老师,梅格公主可能受到了袭击,刚才我们看见一匹狼从她寝室里跑出去了!"特蕾娅快步跑到吉娜老师跟前,焦急地汇报。"狼?圣露西亚公主学院一向安全,从没有狼出没!"吉娜老师不相信她的话,板着脸淡淡地说道。

"可……可是,我看得很真切,真的有狼从这里跑了出去!梅格肯定出事了!"特蕾娅急声争辩,想极力说服老师相信她的话。没等吉娜老师开口,又一个温和的声音响了起来:"说谎可不是个好习惯哟,特蕾娅公主。你最近总是很晚才回来,完全漠视学校的规章制度,这样下去我们会很为难的!"面带微笑的阿姆达公主从吉娜老师身后走了出来。看到阿姆达公主,特蕾娅浑身的神经骤然收紧,阿姆达公主那双带有魔力般的瞳眸发出隐隐的光芒,仿佛能吸食人的魂魄一般。

"嗒……嗒……"走廊里传来脚步声,吉娜老师和阿姆达公主闻声望去,一起退后两步让出门口。看到来人特蕾娅再次震惊地脱口而出:"梅格公主!"梅格公主头发松散凌乱地垂在肩头,身上穿的粉色丝绸睡裙上沾满了泥水和草屑,她显得极度疲惫,无精打采的样子,好像连身边的人都没看到似的径自朝洗手间走去。特蕾娅发现梅格公主赤着脚,脚上有许多细

第六章
暗夜狼踪

小的红痕,像是被倒刺划伤的。

"梅格公主,下次可不要这么晚出去了,连骑士也不带。就算圣露西亚学院很安全,你的行为也会给大家带来困扰的。"吉娜老师不悦地皱起眉头,严肃地说道。"知道了。"洗手间里传出梅格有气无力的回应。吉娜老师批评完梅格又转头看向杵在原地还没回过神的特蕾娅:"还有你,快点儿回房间洗漱,同样的行为不可以再犯第二次!"

"是,我会注意的!"特蕾娅徒劳地呼了口气,规规矩矩地垂着手向吉娜老师行礼道歉,转过身的时候她偷偷吐了下舌头。

雨后的庭院里落了一地的花瓣和草叶,空气中弥漫着浓浓的水汽。"唰……唰……"特蕾娅无精打采地挥动着手中的扫把扫着地上的落叶,莱茵奥特则站在不远处的绿化带区域用魔法棒清理着杂草和碎石,帮特蕾娅减轻了一大半工作量。"真是的,老师不相信我说的话就算了,偏偏还处罚我打扫半个月的卫生,半个月!真是气死我了!"特蕾娅不服气地发着牢骚,一想到阿姆达公主公布处罚决定时她那张笑吟吟的面庞,特蕾娅就气不打一处来,总觉得她笑里藏刀、暗藏杀机。

"就是呢,最近一连下了好几场雨,地上的落叶怎么也扫不完,咻咻真替主人发愁!"咻咻坐在特蕾娅的肩头,郁闷得直叹气。特蕾娅打扫庭院深处的过道时,几名公主故意从刚刚打扫干净的小路经过,一边夸张地笑着,一边幸灾乐祸地说着风凉话。"哎呀呀,特蕾娅最近变得好勤快呀,难怪地上干净

了许多,以后再也不用担心鞋底沾到土了呢。"欧迦娜用手掩着嘴娇笑。

"就是,看特蕾娅公主的手臂好像比刚来时粗了一圈,这种工作还挺适合她呢!"

"假以时日,特蕾娅公主就会成为我们中间力气最大的公主,'史上力气最大的公主',这个头衔够雷人吧!是不是,维维亚娜?"说话的公主假笑着看向面色不悦的维维亚娜。维维亚娜阴沉着脸,不高兴地哼道:"原来你们把我拉到这里就是听这些?以后少在我面前假惺惺的,我倒觉得你们做这些工作会比特蕾娅公主更有看头!"说完,头也不回地扬长而去。

听完那些公主奚落的话,早就气不打一处来的特蕾娅故意把手中的扫把高高扬起,将落叶扫得漫天飞舞,吓得一群公主惊叫着四散逃开。看到她们惊慌躲闪的狼狈样子,特蕾娅手叉着腰哈哈大笑,解气地哼道:"看她们还敢不敢再胡言乱语,我可不白白受她们嘲笑!"咻咻快活地晃着小尾巴,得意地冲主人笑,"干得好!主人,可是,你为什么不用魔法打扫卫生呢?"

咻咻的话提醒了特蕾娅,她眼前一亮:"对呀,我怎么没想到?这可是练习魔法的好机会!"特蕾娅拿出魔法棒对着满地的落叶轻轻一晃,口中念念有词:"卡布奇斯,速速集结!"地上的落叶仿佛被一阵小风吹得旋转了一个圈,又停了下来。"耶,它们真的动了!咻咻,你看到了吗?我现在也会使用魔法啦!"看到新学的魔法起了作用,特蕾娅激动得嘴巴

第六章
暗夜狼踪

几乎咧到了耳朵处,随着她的魔法棒不断挥动,一股旋风在地面上急速旋转,越来越多的落叶被旋风卷了起来,渐渐地在空中凝聚成一个球体。"主……主人,那……那是什么?"满脸兴奋的咘咘突然看到什么,眼珠子瞪得滚圆,惊惧地连说话都结巴了。

特蕾娅顺着咘咘的视线望去,只见生长茂盛的灌木丛后面多了一团灰乎乎的东西,定睛细看,特蕾娅的心咯噔一跳,顿时惊出一身冷汗。刚才她施展魔法的时候,清理了覆盖在灌木丛中的落叶,隐藏在灌木丛中的东西也随之暴露了出来。一匹草原狼潜伏在灌木丛,正虎视眈眈地盯着她,一双嗜血般的兽目充满了对猎物极度的贪婪与渴望,分明将她当成了饱腹的猎物!而它正是从梅格房间里逃走的那匹狼!天哪,没想到它竟然躲在这里!特蕾娅被突如其来的状况吓蒙了,两腿哆嗦地僵在原地,全身如石头般僵硬。

"主……主人快使用攻击术!不然我们就成了它嘴里的美餐啦!"咘咘紧紧地盯着那匹草原狼,颤着声音说道。

对,想办法捉住它,这样就可以向吉娜老师证明那天晚上的话是真实的!

"赫赫巴斯,去!赫赫巴斯,去!"不知为什么,特蕾娅一连喊了好几次魔法咒语,魔法棒却始终施展不出任何魔法,心里没底的特蕾娅一阵慌乱,握着魔法棒的手也禁不住颤抖起来。"怎么会这样?魔法棒为什么不起作用了?"特蕾娅冷汗直流。

突然，狼的眼睛瞬间圆睁，像是看到什么可怕的事，从灌木丛中抬起身子就要往外扑，眼神中流露出罕见的焦急与担忧。特蕾娅吓得后退了一步，紧咬牙关，举起魔法棒决定再试一次，就在这时，一股巨大的冲击波从背后击中了她。"主人！"耳边响起咘咘的惊呼声。特蕾娅的眼睛骤然瞪大，感觉整个人像被高压电流击中似的全身发麻，脑袋阵阵轰鸣，接着，大脑一片空白……

第七章
变身药水

"变身药水来自黑暗世界,是黑巫师们控制别人惯用的伎俩。一旦喝下变身药水,人就会失去理智,还要忍受变身时的巨大痛苦。"莱茵奥特沉声说道。特蕾娅握紧拳头愤恨地大叫:"是谁?是谁骗你喝下药水的?"

　　特蕾娅像断了线的风筝似的一下子瘫倒在地上。咘咘又惊又急地扑到主人头上尖叫："主人，快醒醒！"咘咘的声音传进特蕾娅耳中，仿佛从很遥远的山外传来似的，语速慢得不可思议。痛……好痛！特蕾娅觉得自己的五脏六腑搅成了一团，呼吸变得极度困难。是谁在背后攻击了她？这么大的力量分明是想害死她！失去意识之前，她注意到狼的眼神在她受到攻击时突然发生了变化，那种眼神分明是人类才有的焦急与担忧，似乎与某人的眼神有惊人的相似之处！

　　不知怎的，特蕾娅的意识里浮现出梅格的身影，梅格的眼睛与狼的眼睛不断重合，渐渐合二为一。

　　"特蕾娅公主！特蕾娅公主！"仿佛在黑暗深处挣扎的特蕾娅忽然听到一声熟悉的呼唤，是莱茵奥特的声音！她缓缓撑开沉重的眼皮，眼前纷乱的色彩渐渐由模糊转为清晰，接着她看到了莱茵奥特那张满是担心的脸。"莱茵奥特……"特蕾娅轻颤着嘴唇说道。莱茵奥特长长松了口气，赶忙将她从地上扶起来："有人偷袭了你，知道是谁干的吗？这个人连咘咘都没放过。"说着，莱茵奥特抽出魔法棒在咘咘身上施了一记复

第七章
变身药水

原咒。咘咘摇摇晃晃地从地上爬起来,看到特蕾娅平安无事,惊喜地朝她扑过来,鼻涕眼泪一起往特蕾娅的裙摆上蹭。"主人,你没事吧?真是吓死咘咘了!"

特蕾娅扶着莱茵奥特的手臂笑了一下,身体还有些软绵绵的,但神情已经清醒许多。"我不知道是谁在背后攻击了我,我当时光提防前面的那匹狼……对了,梅格呢!"说到狼的时候,特蕾娅猛然想起什么,松开抓着莱茵奥特的手臂,跌跌撞撞地朝学生宿舍奔去。"等等我,主人!"咘咘飞快跳到空中,抓住了她的衣裙角,快速爬到她的肩头。莱茵奥特从后面跟了上来。

那匹狼……梅格一定知道那匹狼的事!这些天梅格时常旷课,每次出现在大家面前都是精神不振的样子,身上经常沾着草叶的碎屑,有人声称曾看见梅格躺在草丛中。如今回想起藏匿在灌木丛里的那匹狼,特蕾娅的脑子里突然冒出一个奇怪的念头:梅格跟那匹狼之间肯定存在着某种联系,也许是那匹狼的关系,所以才把自己搞得狼狈不堪也说不定!这个怪异的想法驱使着她冲进学生宿舍,直朝梅格的房间跑去。

"主人,你要做什么?"咘咘不解地追问。"我遭受袭击的时候,突然有种奇怪的感觉,那匹狼不是要伤害我,而是要救我!可这根本不合情理!所以我要去问问梅格,那匹狼为什么会进入她的房间?那天夜里到底发生了什么事?"

"吱",特蕾娅快跑到梅格房间时,梅格房间的门突然被推开,阿姆达公主满面愁容地从里面走了出来。没想到会在这

里遇到阿姆达公主,特蕾娅猛地停住脚步,忙向她行礼。阿姆达公主一看到特蕾娅不由得微微一惊,但很快又掩饰地淡笑了一下,忧心地叹了口气:"梅格公主的情况不太好,你们以后再来看她吧!我这就去找校长说一下梅格公主的病情。"

"我看看她就走,不会耽误太长时间。"特蕾娅担心着梅格的病情,没有听阿姆达公主的劝告,冲动地推门走了进去。看到特蕾娅一意孤行,阿姆达脸上的笑容变得有些僵硬,波光流转的眼眸飞快闪过一抹不满与愤恨。

一进入梅格的房间,光线顿时转暗,特蕾娅注意到窗口处都拉着厚厚的遮光窗帘。特蕾娅快步来到梅格寝室,一眼就看见摊开的被子底下有团明显的突起。"梅格公主?"她走过去轻轻拉开被子一角,只见梅格把自己蜷缩成一团,瑟瑟发抖,脸色苍白,额头布满了豆大的汗珠。特蕾娅看到梅格公主的模样吓了一跳,抓着她的肩头焦急地问:"你怎么会这样?到底是哪里不舒服?等着,我去叫医生!"

没等特蕾娅离开,一只没有血色的手从被子底下伸出来,飞快地抓住了她。"不……不要去,不要惊动……任何人……"梅格虚弱地喘息,颤抖的嘴唇飘出一句断断续续的话。特蕾娅担心地看着她:"可是你不能不看医生啊,看你现在都变成什么样子了?"

梅格狂乱地摇着头,声音微微颤抖地说:"我不想……让别人……看到我这个……样子,我休息一会儿……会好的。"话音刚落,她突然紧紧抱住自己剧烈地抖动,嘴里飘出抑制不

第七章
变身药水

住的痛苦呻吟。看着她痛苦难忍的样子，特蕾娅心疼地紧紧抱住她，眼睛不由得红了。"梅格，你不能再这样下去，我这就去叫医生！"特蕾娅想去叫医生，梅格突然一把握住她的手腕，力气大得犹如铁钳一般。特蕾娅没想到瘦弱的梅格力气竟然大得惊人，这时，肩头的咻咻突然发出一声刺耳的尖叫："哇！主人小心！"

梅格缓缓抬起了头，傍晚时分的霞光透过被风吹开的窗帘照进昏暗的室内，映在梅格的身上，特蕾娅的目光瞬间发直！妈呀，她的眼睛！梅格的眼睛血红得吓人，仿佛两颗会滴出血来的红樱桃正直勾勾地盯着她，那眼神恐怖得令人头皮发麻！特蕾娅惊魂不定地瞪着变化巨大的梅格，浑身抖个不停。

"梅格，你……你怎么变成了这个样子？"特蕾娅紧张地大叫。候在门口处的莱茵奥特闻声赶过来，看到梅格的样子他迅速抽出魔法棒，时刻防备着梅格对特蕾娅做出什么异常举动。梅格紧紧抓着被子，身体抖得更加剧烈了，她粗重地喘息着，从齿缝间艰难地挤出一句含糊不清的话："趁我还没有……失去理智，快点儿离开我，我喝下了黑巫师……变身药水，我……无……无法控制……自己！"

"怎么会这样？到底发生了什么事？那匹狼是不是跟你有关？"特蕾娅注意到梅格的手指甲在变尖、变黑，身体也隐约泛着一层可怕的黑气。眼前惊人的变化让特蕾娅心底发颤，心头猛然跳出一个可怕的念头：梅格就是那匹狼！她心急如焚地看着梅格，急切地想知道她这般失常的原因。

梅格紧紧抱着被子在极力控制着自己,她的声调带着明显的哭腔:"我生病时……有人……骗我喝下了……变身药水,等我醒来时……发现自己变成了……一匹狼,我害怕极了,不知该怎么办……才好!我只能……躲到……山林中,等变回人形……再回来……好痛,我……我快要变身了!快离开我!"

"变身药水来自黑暗世界,是黑巫师们控制别人惯用的伎俩。一旦喝下变身药水,人就会失去理智,还要忍受变身时的巨大痛苦。"莱茵奥特沉声说道。特蕾娅握紧拳头愤恨地大叫:"是谁?是谁骗你喝下药水的?""我不知道,我没有看清……她的样子,我只知道……这里有黑巫师的爪牙,就在我们中间……"梅格突然直起身子猛地朝特蕾娅扑过来,莱茵奥特一惊,动作极快地拦在特蕾娅面前,但还是迟一步,梅格那两只骨瘦如柴的手紧紧掐住特蕾娅的手臂,疯了似的摇晃着特蕾娅,嘴巴以一种难以想象的幅度向两边咧开,露出一种令人毛骨悚然的"微笑",嘴里发出不似人语的桀桀怪声。"找到她……抓住她……咯咯咯!"她的喉咙因强忍着痛楚而咯咯作响,说出的话也变得极度含糊不清。

特蕾娅被陷入疯狂的梅格吓得阵阵战栗,惊恐地看着她,一时间连说话都忘记了。蜷缩在床上的梅格身上的黑气越来越浓,身形也在不断发生着变化,眼看着就要变身成狼形。莱茵奥特一记手刀狠狠砍在梅格的手腕上,迫使她一下松开了手;接着又朝梅格挥动魔法棒,梅格身体一僵,顿时如泥一般软软地瘫倒在床上。莱茵奥特用一层七彩光弧将梅格包围起

第七章
变身药水

来,笼罩在梅格身上的黑气渐渐消退。特蕾娅手抚着胸口,好半天才回过神,心有余悸地喘息道:"到底是谁在加害梅格?不能让这个人隐藏在学院里,不然在梅格之后恐怕还有别的公主遇害,我一定要把这件事告诉老师,把这个浑蛋揪出来!"

特蕾娅转身要往外跑,莱茵奥特忙上前拦住她:"请冷静一下,特蕾娅公主!梅格公主说黑巫师的爪牙藏在学院中,现在我们还无法确定谁是那个爪牙?就这样贸然跑去报告校方,很可能会打草惊蛇。"咻咻也赞同莱茵奥特的话,点着小脑袋肯定地说:"对呀,万一那人发现被主人识破了身份,很可能下一个对付的人就是主人你呀!"

"圣露西亚公主学院是魔法大陆设在人类世界中防护级别最高的机构,黑巫师很难混进来,如果这里真的被黑巫师的爪牙渗透,那后果不堪设想啊!"莱茵奥特不无担心地皱眉说道。

"我去找吉娜老师想办法,她在这里教了十几年学生,意志坚定,黑巫师很难从这样的人身上找到破绽,除了她我实在想不到其他值得相信的人了。莱茵奥特,你留在这里帮我照看梅格!我去去就回!"特蕾娅匆匆交代完事情,快步跑出梅格的房间,风似的朝外飞奔。特蕾娅跑出学生宿舍,恰好见一位老师从旁边经过,忙向老师打听吉娜老师的位置。听说吉娜老师去了魔法课教室,她立刻朝那里跑去。还没冲进教室,就看见吉娜老师站在讲台旁,特蕾娅情急地张口叫了起来:"吉娜老师,我有紧急的事情要告……"

　　话才说了一半就戛然而止,特蕾娅又将到嘴边的话生生咽了回去,直愣愣地看着吉娜老师身边满脸浅笑的阿姆达公主。阿姆达公主浅笑地说道:"特蕾娅,我们已经上课五分钟了,你又迟到了!"特蕾娅扭头看向四周,发现公主们都坐在各自的座位上,这才想起现在是下午上课的时间,她支支吾吾地解释道:"我……我有事找吉娜老师。"

　　"有什么事也要等下课后再说,请回到你的座位上。"阿姆达没有给特蕾娅说话的机会,口气中透着不容辩驳的强硬。吉娜老师头痛地揉了揉眼睛,难掩疲倦地对僵在原地的特蕾娅说道:"我有点儿精力不济,先回去休息一下,下课后你再来找我吧。"她冲着阿姆达点了下头,转身离去。"吉娜老师!"特蕾娅情急地喊了一声,阿姆达公主用魔法棒敲了敲讲台:"安静!这节课我来考查公主们对魔法的掌握程度,第一场就先由特蕾娅公主对维维亚娜公主。"说着,阿姆达公主挥动着手中的魔法棒,教室内的桌椅瞬间被推移到四周,留出中间一块空间,透明的魔法保护罩又出现在大家面前。

　　特蕾娅心里十分焦急,但眼下不得不先把这节课应付过去,她忍着心中的愤懑低声说道:"我要上完课才能去找吉娜老师了,咻咻,去告诉莱茵奥特一声!"咻咻从她身上跳了下去,跑去报信。魔法对抗是维维亚娜最喜欢的科目,她大步走进了保护罩,抬着下巴傲视着对面心神不宁的特蕾娅:"这是对抗赛,你最好集中精神,我可不想让别人说我胜之不武。"

　　维维亚娜经常抱着厚厚的魔法书钻研,比任何人都刻苦用

第七章 变身药水

功,她的魔法技能在班里算得上数一数二的,跟她对抗,特蕾娅不得不打起十二分的精神。她和维维亚娜一起举起了魔法棒预备,阿姆达公主一声令下,两个人同时喊出"赫赫巴斯"。

特蕾娅刚放出一道刺目的冲击波,就见对面射来一道更加犀利迅猛的光波,瞬间击溃了她发出去的冲击波。"赫赫巴斯,防御盾!"看到光波朝自己射来,特蕾娅情急之下慌忙喊出一招抵御招式,光波快要打向她的时候,魔法棒里突然幻化出一面流动着七彩光芒的盾牌,挡在了她的面前,维维亚娜的光束打到盾牌上被反弹出去,撞到保护罩上消失一空。

特蕾娅没料到自己居然避过了凌厉的攻击,惊喜地看向手中的防御盾,不敢相信地咧嘴笑道:"哇,我居然成功了!"对面的维维亚娜也同样一副不敢相信的表情,震惊地睁大眼睛,低声自语:"她居然挡住了我的进攻!什么时候变得这么厉害了?"旁边围观的公主和骑士们都被特蕾娅那招帅气的防护惊住了,议论纷纷。

凯撒公主回头看向大家:"她使的那个招式是什么?我们从来没有见过!"

"何止没有见过,老师从来就没有教过,她从哪儿学来的?"喜欢吃甜点的"蛋糕"公主鼓着腮帮子含糊地更正道。

对特蕾娅有看法的欧迦娜公主哼道:"原来的对抗赛里她总是输,该不会故意藏私,输给大家看的吧?"

讲台旁的阿姆达公主看到特蕾娅突然使出了防御盾,吃了一惊,脸上的笑意渐渐消失,眼神中多了一丝惊惧的目光。

"特蕾娅,你怎么会使用防御盾?我在高级魔法历史书里见过防御盾,上面说校长年轻时曾经在雪国正义战对抗黑巫师时使用过这招!据说防御盾可以幻化出十几种,是对抗黑巫师最厉害也是最有效的实战技法。"维维亚娜忍不住惊问。当然是图书馆那位神秘老人教的呀!不过特蕾娅可不想这么快就让大家知道自己的底牌,她勾起嘴角得意地说道:"当然是我自学的啊,不过我只学了点儿皮毛,并不精通,嘿嘿!"

特蕾娅惊人的变化让维维亚娜感到异常吃惊,皱起眉头有些不快地喝道:"你这家伙,总是让我出乎意料!既然这么厉害,就把你的实力都亮出来跟我堂堂正正地打一场!"说完,维维亚娜挥动着魔法棒准备再次发动攻击。"好吧!那我让你们见识一下更华丽的防御盾!"特蕾娅底气十足地用魔法棒在空中画了个圈,决定亮出大招,"赫赫巴斯,防御盾!"一声喊出,所有人都屏息凝神地聚焦到特蕾娅身上。谁知,接下来的一幕让所有人傻眼了!

特蕾娅的魔法棒里并没有出现流光闪烁的防御盾,而是慢悠悠地飘出一缕细弱的白烟,就再也没有了动静。特蕾娅尴尬地摸着鼻头,不好意思地讪笑道:"那个……失手了!"维维亚娜抱起双臂,不高兴地皱着眉头瞪向特蕾娅,冷哼道:"你在耍我吗?"

"防御盾是由个人意志力控制的最上乘的防御术,要想发挥出它的优势就要直面真正的危机,心无旁骛。"阿姆达公主来到维维亚娜身边,挥手示意她先下去,优雅地冲特蕾娅盈盈

第七章
变身药水

一笑,"用你的防御盾保护好自己,看你能不能挡住我的冲击波!赫赫巴斯!"阿姆达公主喊出攻击术的一刻,眼神瞬间变得犀利无比,特蕾娅明显感觉到阿姆达公主整个人的气场都变了,犹如祭祀仪式上高高在上的长发女巫,凛然不可侵犯。教室里的温度仿佛降到了零下,冻得她浑身寒意四起,她惊恐地看见阿姆达公主的身后似有一阵狂风吹过,卷起了阵阵尘土。

天哪,那……那是什么?为什么她会看到这些东西?特蕾娅简直不敢相信自己的眼睛,全身的汗毛直立起来。她惊恐地睁圆了双眼,心脏怦怦怦地急速跳动,太阳穴也跳得阵阵作疼!惊恐到极点的特蕾娅还没看清袭来的冲击波,就被巨大的能量击飞出去,连惊呼声都没来得及发出,重重地撞到了地上。

"好……好痛……"特蕾娅浑身颤抖不止,被冲击波击中的右手肿胀得连魔法棒都无法握住。没想到老师出手这么重,维维亚娜又惊又疑地看了阿姆达公主一眼,快步跑过去扶特蕾娅坐起来,低声数落道:"笨蛋,为什么不用防御盾呀?你怎么不知道保护自己?"

特蕾娅动了动嘴唇,疼得说不出话来,额头冒出一层冷汗。阿姆达公主环顾四周,唇角带笑地发布了一条禁令:"从现在起,所有人留在教室里,没有我的命令不得外出,直到我解除禁令为止。欧迦娜公主担任今天的违纪队长。"阿姆达递给了欧迦娜一个眼色,欧迦娜难掩激动地高声称"是"。阿姆达公主在大家的窃窃私语中走过来,弯下腰在特蕾娅耳边轻声

说道:"你的进步的确令人吃惊,不过太过盲目自信可不是好事,要戒骄戒躁哦。"说完,她微微一笑,起身离去。

维维亚娜望着阿姆达公主消失的身影,皱着眉头低语:"今天阿姆达公主是怎么了?我怎么觉得她在故意为难你?"维维亚娜的话一下子提醒了特蕾娅,她猛然意识到阿姆达公主的可疑!阿姆达公主从入校第一天起就让她有种不好的感觉,她的手冷得吓人,据说只有黑巫师和黑暗公主的手是冰凉的,而且她那次深夜里偷偷潜入图书馆的举动最为可疑,她严重怀疑刚才阿姆达那番试探分明是想借机打伤她,也许阿姆达公主知道她要找吉娜老师说什么,强烈的直觉告诉特蕾娅,阿姆达公主很可能就是黑巫师的爪牙!

第八章
被黑化的公主

"快来看！地图上的图书馆只显示出二层，并没有第三层，显然，第三层的入口被隐藏起来了。这说明什么？"维维亚娜转身面向特蕾娅，像小老师似的考问道。特蕾娅愣愣地眨了下眼睛："不想让人知道？"

阿姆达公主突然对特蕾娅下狠手的行为引起了维维亚娜的怀疑，特蕾娅吃力地捡起地上的魔法棒，喘息地低语："你说得没错，她很清楚防御盾会成为黑巫师一族最大的威胁，所以故意借机打伤我，让我无法召唤出防御盾。"维维亚娜从特蕾娅的话里听出什么，扭头飞快地看了眼周围，压低声音追问："什么意思？你到底知道些什么？"

"如果我猜得没错，阿姆达公主其实是潜入圣露西亚公主学院的黑巫师的爪牙！"特蕾娅咬牙低道。

听了特蕾娅的话，维维亚娜不由得大吃一惊，不敢置信地低叫："你知道你在说什么吗？她跟黑巫师的爪牙有什么关系？你有什么证据？"特蕾娅从她初次遇到阿姆达公主时说起，将她发现的种种疑点竹筒倒豆般地通通说了出来，维维亚娜听得越来越心惊，脸上露出极度震惊的神色。"我本想将这些事报告给吉娜老师，但是被阿姆达公主拦住了，她好像知道我要说什么似的，然后故意安排了我与你的对抗赛。"

"假设你的猜测是对的，她肯定认为你已经知道了她

第八章
被黑化的公主

的秘密,可是图书馆那件事她并不知道跟踪她的人是你呀,应该还有别的事让她怀疑到了你,那么就只剩下梅格变身这件事了。你说在灌木丛发现那匹狼的时候,有人在背后袭击了你,之后你赶去找梅格的时候,阿姆达公主从梅格房间里走出来。我怀疑当时袭击你的人很可能就是阿姆达公主,这样刚好也就能解释为什么她会出现在梅格那里。而她发现你醒来第一件事就是找梅格公主,很容易就会想到你已经知道了梅格与那匹狼的事都是她捣的鬼。"听了维维亚娜头头是道的分析,特蕾娅心头的困惑一下变得豁然开朗,她张大嘴巴,惊异地看着维维亚娜,不禁竖起了大拇指。"这么说,给梅格公主下药的很可能就是阿姆达公主!不愧是学霸,竟然把这么多事情理得清清楚楚,你真是太厉害了!"

维维亚娜淡淡地点了下头,却并未在意地继续说下去,似乎对别人夸奖的话司空见惯了。"怪不得她在看见你使出防御盾的时候表情会那么奇怪,当时我以为她是惊讶于你的进步,现在想想,她分明是在害怕,怕你成为她难以对付的对手。这就不难解释为什么她会打伤你,还突然下了那样一道奇怪的禁令。她是担心你知道了梅格的秘密而去报告校方,所以才会千方百计地阻止你,甚至将你打伤。这些举动的确非常可疑!"

特蕾娅突然想到什么,小心地看了眼周围,凑到维维亚娜耳边,压低声音说道:"阿姆达公主不让我们出去肯定是要有什么动作,我们出去瞧瞧,也许这是发现她狐狸尾巴的

机会。你敢不敢去?"特蕾娅狡黠地眨了下眼睛,满心期待着接下来的冒险行动。

"笑话,有什么不敢去的?我维维亚娜长这么大还没有怕过谁呢!"维维亚娜眉头轻挑,嘴角微微上扬。特蕾娅突然发现,以前自己并不了解维维亚娜,她外表看上去永远一副拒人于千里之外的冷漠与傲娇,骨子里却是一个热心有正义感的女孩。有了这个学霸的支持,特蕾娅心里顿时踏实了许多。

"你的伤……还好吧?"维维亚娜担心地看向特蕾娅的手。特蕾娅右手整个手掌都肿胀起来,看上去好似肥厚的熊掌,她试着活动了一下手指,着实有些笨拙。"不用担心,是有点儿不太灵活,但不碍事。这件事我们不要声张,等拿到确凿的证据再向老师汇报比较好。走!"特蕾娅冲维维亚娜勾了勾手指,两个人没有惊动其他人,快步朝教室门口移动。殊不知,她们刚才的促膝交谈早就引起了欧迦娜的注意,欧迦娜抢在她们出去之前先一步横在门口,拦住了她们的去路。"你们去哪儿?没有阿姆达公主的同意,谁也不能离开这间教室!"欧迦娜叉着腰理直气壮地喝道,很有一副小老师的气势。

特蕾娅眼珠一转,立刻捂着肚子装出一副内急的样子。"哎哟哟,我的肚子好疼啊,我需要赶紧去一下洗手间!"看到欧迦娜用怀疑的目光打量着她们,维维亚娜不高兴地抱胸冷笑道:"我们去洗手间方便一下,你不会连这也要拦着

第八章 被黑化的公主

吧？"欧迦娜懒得跟她们争辩，翻了个白眼，不以为然地哼道："不好意思，阿姆达公主指定由我担任违纪队长，我就不能辜负她的信任。只要我在这儿，你们谁也不能随意离开这间教室。"

特蕾娅看自己装内急的小伎俩蒙不过去，便直起身没好气地转向大家："大家听到了没有？有人要拿着老师的鸡毛当令箭呢。这么说，我们内急都不能通融了？"特蕾娅故意抓住欧迦娜的话头激起大家的反感与矛盾，春风得意的欧迦娜哪里知道特蕾娅的鬼主意，抬高下巴不可一世地说道："当然，尤其是你！"果然，欧迦娜的话音刚落，教室里顿时炸了窝，公主们纷纷吵嚷起来，喧哗一片。

"欧迦娜公主，你这话是什么意思？你想把我们圈禁起来吗？"

"就算是吉娜老师也不会对我们这样做，阿姆达公主到底是什么意思？"

"就是，阿姆达公主话也不说清楚，把我们扔在这里算怎么回事？"

反对的呼声和吵嚷声在教室里接连不断地响起，欧迦娜没想到自己一句话竟引来公主们的众怒，她心虚地后退一步，嘴硬地说道："又不是我要拦大家，这是阿姆达公主的决定。"看到班里的公主们都站在了自己这边，特蕾娅心里有了底气，上前一步理直气壮地说道："阿姆达公主可没说不许我们内急，我现在就要出去，我劝你最好让开！"

　　欧迦娜见带头闹事的特蕾娅步步紧逼,"唰"地抽出腰间的魔法棒,又气又急地指着她厉声威胁:"特蕾娅,你再敢上前一步,我就对你不客气了!""看清楚哦,我上前一步了……"特蕾娅故意抬起脚晃了晃,向前迈了一步,得意地看向欧迦娜公主。欧迦娜公主气得脸色转白,毫不客气地举起魔法棒,甩出一记攻击术。特蕾娅还以为欧迦娜公主不敢当众对她人身攻击,当看到欧迦娜举起魔法棒后她就慌了神,忙伸手摸向腰间的魔法棒。这时,一道更犀利的冲击波朝欧迦娜射去,欧迦娜"啊"的一声惊叫,魔法棒脱手,身体飞了出去,重重地摔到走廊的花池边。原来在欧迦娜动手之前,维维亚娜动作更快地举起魔法棒击飞了欧迦娜的武器。

　　欧迦娜的骑士见状迅速拦在维维亚娜的面前:"请住手!"维维亚娜一动手,教室里的气氛顿时变得紧张起来,维维亚娜身旁的骑士也抽出了魔法棒严阵以待。"哇!"走廊里传来欧迦娜公主的哭声,欧迦娜的骑士匆匆赶过去,半跪在主人面前,急切地追问:"主人,您有没有受伤?"恼羞成怒的欧迦娜扬手"啪"地给了骑士一巴掌,骑士一时有些错愕,面对主人的迁怒他没有半分恼火,依然低姿态地扶着欧迦娜公主的肩头,在她耳边低劝着什么。欧迦娜公主渐渐停止了大哭,揉着眼睛低低地抽噎,她站起来瞪了特蕾娅和维维亚娜一眼,愤恨地跑了出去。她的骑士抱歉地向公主们鞠了个躬赔罪,转身朝主人追去。

第八章
被黑化的公主

"谢谢你！幸好你出手快。"特蕾娅收回目光，转向身旁的维维亚娜。

"不用客气，我最看不惯有人在我面前狐假虎威。我们走！"维维亚娜叫上骑士，和特蕾娅一起奔出了教室。

"我们去哪儿找阿姆达公主？总不能盲目地在学校里搜一个遍吧？那样的话还没找到她我们就暴露了。"特蕾娅跑出教学大楼时，扭头征求维维亚娜的意见。"去阿姆达公主的寝室，最安全的地方就是她住的地方，在那里一定能有所发现！"维维亚娜略微思索片刻，果断地说道。两个人立刻朝教师城堡跑去。一团金黄色的圆球骨碌碌地滚过草地，"嗖"地扑到特蕾娅身上，三蹿两跳地爬到她肩头活跃地叽咕叽咕地叫。"咘咘？梅格公主还好吧？莱茵奥特还在那儿吗？"特蕾娅扭头问道。

"梅格公主病情不稳定，一离开魔法的控制时刻都有变身的迹象。莱茵奥特殿下无法离开，他让咘咘告诉你……"咘咘亲密地蹭着特蕾娅的脖子，抬起头，模仿着莱茵奥特的语气一脸认真地说道："我不在的时候请特蕾娅公主务必保护好自己，梅格公主病情一旦稳定，我会尽快回到你身边。"咘咘将莱茵奥特当时的语气和神态模仿得惟妙惟肖，语气中透着浓浓的关心，特蕾娅仿佛感到了一阵暖意，心里甜蜜蜜的。

"梅格公主的骑士也不知去哪儿了，梅格公主出事了，守在主人身边的应该是他才对。"特蕾娅这时才想起梅格公

主的骑士失踪有一段时间了,似乎有些蹊跷。"要控制梅格公主必须先过骑士那一关,她的骑士恐怕已经……"维维亚娜的脸色很不好看,话才说了一半便戛然而止,后面的话没有说出口,但特蕾娅已经猜到了结果,梅格的骑士恐怕凶多吉少了。

大概十分钟的路程,他们来到了标有教师楼名牌的城堡前。白天,所有教师都在教学楼工作,城堡里静悄悄的,看不到半个人影。但他们还是小心翼翼地走过走廊,从楼梯上到二楼,来到第二间房门前。两个人一左一右守在房门两边,警惕地观察周围的动静。特蕾娅轻轻在房门上叩了几声,他们等了一会儿,不见里面有回应,维维亚娜冲特蕾娅确定地点了下头,特蕾娅立马推开房门迅速闪了进去,然后将门关闭。特蕾娅抬头打量四周,这间寝室的面积很大,家具摆设并不多,只有床、桌椅、衣柜等简单的几件家具,但每件家具都打造得十分艺术精致,边边角角都镶嵌着样式繁复的金饰,在阳光的照射下反射出夺目的光芒。

他们在屋子里四处翻找起来,维维亚娜的骑士负责守在门口,留意外面的动静。特蕾娅翻遍了床铺和书桌都没有发现可疑的物品,她叉着腰环顾左右,低声自语:"什么有用的线索都没找到,这家伙够谨慎的,会把秘密藏在哪儿呢?"刚刚搜完衣柜的维维亚娜看到桌下有个垃圾桶,她蹲下身,不顾身份地在垃圾桶里面翻找,每个纸团都打开看,搜索得十分细致。特蕾娅扭头看向洗手间,走过去推开了

第八章
被黑化的公主

门,当视线扫过洗手台下面的垃圾桶时,她突然被一团纱布上的一抹醒目的猩红色吸引。那是什么?"维维亚娜,快来看这个!"特蕾娅朝门外喊了一声,好奇地走过去。维维亚娜飞快地跑了过来,经过仔细查看,两个人一致断定纱布上面沾的是鲜血!

难道阿姆达受伤了?两个人心头冒出相同的疑问,咘咘探头望了一眼,用爪子紧紧捂着鼻子恶心地说道:"是魔角的血,咘咘讨厌那个味道!"听了咘咘的话,特蕾娅茫然地问:"魔角是什么?"维维亚娜的眉头皱了起来,神情变得十分严峻,沉声说道:"魔角是魔法公主黑化后的特征,她们的额头通常会长出一对奇形怪状酷似鹿角的东西。如果这真是魔角的血,那我们的猜测就是对的,阿姆达公主已经被黑化了!"

特蕾娅脸色骤变,猛地站起来,一脚将垃圾桶踢翻,里面的垃圾一股脑儿全倒了出来。化妆棉、护肤面膜、各种化妆品的包装盒以及草木残屑等,但并没有发现新的线索。"怎么没有呢?割下来的魔角在哪儿呢?"

维维亚娜看向梳妆台上的一堆瓶瓶罐罐,突然眼前一亮,她拿起其中一瓶冲特蕾娅叫道:"快看!我知道这些化妆品和定型药水,这些都是用于割掉魔角后的修补与整容的工具!我们猜得没错,阿姆达果然有重大嫌疑!"

"她混入这里想得到什么?这里又没什么金银财宝,会有什么她想得到的东西?"特蕾娅难以平复心中的惊涛骇

浪,惊异地说到。阿姆达公主是圣露西亚公主学院最优秀的毕业生,操纵魔法的实力不在老师之下,这样一个实力强悍的黑暗公主混入学院不知会给学院带来多么大的麻烦!维维亚娜抱着双臂苦苦思索:"黑暗公主充其量只是黑巫师的爪牙,她们想得到的东西必定是黑巫师想得到的,多年以来,黑巫师一直企图打入圣露西亚公主学院内部却无从下手,我猜黑暗公主潜伏进来的目的就是想替黑巫师完成这个心愿!"

"这里有什么重要的东西?诱惑力这么大,值得黑巫师费尽心机想得到它?"特蕾娅不解地看向维维亚娜。

维维亚娜的眉头拧成了一团,也在思考这个问题。想了片刻,突然冷不丁地问了一句:"你说上次看见阿姆达公主进入图书馆时鬼鬼祟祟的,她去了哪里?""图书馆三楼有扇门好像被施了魔法,我听见她试了好多咒语才将门打开……"特蕾娅说到这儿似乎想到什么,眼前一亮,"你怀疑,她要得到的东西在图书馆三楼?"

"有三楼吗?"维维亚娜有些困惑,快步奔出洗手间来到客厅的书架前,从上面抽出一本学院地图,哗啦啦地翻到其中一页。她一目十行地看了一会儿,兴奋地叫道:"快来看!地图上的图书馆只显示出二层,并没有第三层,显然,第三层的入口被隐藏起来了。这说明什么?"维维亚娜转身面向特蕾娅,像小老师似的考问道。特蕾娅愣愣地眨了下眼睛:"不想让人知道?"

第八章
被黑化的公主

"没错!"维维亚娜赞赏地点了下头,"通常只有存放重要物品的地方才会被严密保护起来,图书馆的三楼就是这样一处地方!阿姆达出现在那里肯定是冲着三楼里的东西去的!她想得到的东西就被存放在那里!"维维亚娜掷地有声地说出了她的结论,脸上漾着自豪感看着特蕾娅,准备接受她的夸赞。但她万万没有想到,特蕾娅竟在这时开起了小差,不期然地想起那位传授她魔法的老头子,她摸着下巴小声自语:"我明白了,难怪那位老爷爷总是神出鬼没的!原来图书馆里还有间密室呀!"

"什么老爷爷?喂,你到底有没有在听我说?"维维亚娜的眉毛都竖了起来,不高兴地叫道。

特蕾娅收回心神,脸上立马挂起微笑,嘿嘿笑道:"听着呢,听着呢,我在想……我们快去把这些发现报告老师吧?"维维亚娜埋头思考片刻,摇了摇头,说出她的建议:"这些只是我们的猜测,目前我们没有直接证据证明她是黑暗公主,光凭这些老师恐怕不会相信我们。我们应该去图书馆看看,如果阿姆达出现在那里,肯定还能发现新的证据!"

这一天的公主学院的课程似乎显得格外轻松,原本应该上课的公主们三五成群地分散在走廊里和庭院中,欢笑声与说话声随处可闻,就连一向兢兢业业的侍者们也懒散起来,甚至有的在花池边打起了盹。特蕾娅和维维亚娜心事重重地走出教师楼来到阳光下,明明阳光晒得皮肤发烫,可是骨子里却向外冒

着丝丝冷气,让她们感到冬日的寒意。谁能想到表面上美丽迷人的阿姆达公主竟然变成了黑暗爪牙重大嫌疑人。

　　一阵急促的脚步声从城堡间的绿荫小路传来,其间伴随着欧迦娜骑士的呼喊:"欧迦娜公主,您要去哪儿?"特蕾娅忙拉着维维亚娜躲到绿化带后面,偷偷探头张望。只见欧迦娜公主满脸愤恨地从教师楼前的小路跑过,活像一团愤怒的龙卷风刮过去。"我去找阿姆达老师,让她好好教训一下特蕾娅和维维亚娜。你要再啰唆就不要再跟着我了!"等欧迦娜主仆的身影远去,特蕾娅和维维亚娜从绿化带后面走了出来,两个人相视一笑,这下有人为他们带路了。

萝莉大冒险②

第九章
图书馆密谋

与其带走一份文件，何不将整个学院掌握在我们手中？到时不但掌握着所有公主的资料，还能牢牢把守住进出人类世界的各个咽喉要道，整个魔法大陆的后路都是由我们把控。

"真是意外的发现,我们光注意阿姆达公主了,却漏掉了欧迦娜公主!"维维亚娜望着欧迦娜的背影,恍然想到什么,哼笑了一声。"什么意思?你怀疑欧迦娜公主跟阿姆达公主是一伙的?"特蕾娅听出维维亚娜话语中暗含的深意。"你没发现最近欧迦娜公主跟阿姆达公主走得很近吗?有没有关系,我们很快就会知道了!跟上去瞧瞧!"特蕾娅和维维亚娜,以及维维亚娜的骑士,三个人一起朝着欧迦娜身影消失的方向追去。一阵强劲的风吹过,路边的大树也随之剧烈地摇晃起来,发出窸窸窣窣的声响,映在地上的无数斑驳晃动的光影仿佛一个个未知的暗鬼,妄图把一切吞噬。

　　不久,他们来到了地处偏僻的图书馆。现在是上课时间,图书馆此时更是冷清得看不到半个人影,他们刻意放轻脚步,蹑手蹑脚地靠近图书馆门口的绿化带后面,警惕地观察着周围的动静。"我们别急着进去,先让咔咔进去查看一下情况!"特蕾娅侧头冲咔咔点了下头,咔咔叽咕叽咕地叫着,飞快地从她肩头溜下来,三蹿两跳地奔进图书馆。不一会儿,它就从里面跑了出来向特蕾娅汇报成果。"阿姆达公主就在里

第九章
图书馆密谋

面,除了她还有几个人,门口也被他们的人监视着!"

"我们来得正好,这可是打探消息的最佳时机。正门不行,我们走侧窗!"特蕾娅冲维维亚娜侧了下头,示意跟她走。维维亚娜招呼着骑士跟了上去。特蕾娅没事就往图书馆跑,把图书馆大楼和周边的地形早就摸透了,她飞快地穿过一片灌木丛和枫林,绕到图书馆后面,手指着离地三米多高的圆形洞口小声说道:"这是个通风口,通风口的下面有架人字梯,我们可以从这儿神不知鬼不觉地摸进去。不过我们要先爬上这棵树才行,你行吗?"特蕾娅朝离通风口最近的那棵枫树努了努嘴,说着活动了一下肿胀的手掌,麻利地将碍事的裙摆扯到腰间打了个结,一截运动短裤从裙摆下面露了出来。她抬头看了一眼树的高度,然后踩着干巴巴的树杈,手脚并用地向上爬去,很快就爬到了伸向通风口的那根粗树枝上。特蕾娅的身子从枝叶浓密的树冠里探出,得意地冲维维亚娜摆了摆手。

"看不出来,你这家伙学习不怎么样,爬树倒是一把好手!"维维亚娜哼笑,学着特蕾娅的样子把裙子系在腰间,不顾身份地往上爬。在特蕾娅和骑士的协助下,维维亚娜顺利地爬了上去,三个人顺着树枝小心翼翼地跳到通风口,依次顺着人字梯又爬了下去,顺利地进入了图书馆。三个人一落地,就听见寂静的图书馆里传来低低的说话声,声音是从大厅里飘来的,他们放轻脚步走到通往大厅的拐角处,探头窥视。只见第四排书架处,几个晃动着的人影清楚地映在中间的过道上,一个熟悉的声音傲慢地说着话:"……现在情形比我意料的要

好,我已经将学院几个重要的部门控制住了……"

是阿姆达的声音!没想到那伙人正在这里开秘密会议。特蕾娅与维维亚娜屏息凝神,侧耳倾听。

"本来我只打算取走密室中的文件,不过眼下这局势让我有了更好的想法,与其带走一份文件,何不将整个学院掌握在我们手中?到时不但掌握着所有公主的资料,还能牢牢把守住进出人类世界的各个咽喉要道,整个魔法大陆的后路都是由我们把控。如此一来,我的成就会远远超过所有黑巫师取得的成绩,黑魔头必定会重重奖赏我,所有的黑巫师都会在我面前俯首称臣。现在学院的重要部门都被我控制了,只剩下一些不成气候的小公主,那些人不足为患;倒是你们,要格外留意那个惹祸精特蕾娅和学霸维维亚娜,这两个人最有可能坏我的好事!"

"阿姆达公主,您……您没有告……告诉我,您是为黑魔头做事的……"欧迦娜公主的声音因紧张而变得哆哆嗦嗦,她明显不敢得罪阿姆达公主。"蠢丫头,你不过是学生中最没权没势的一个公主而已,跟着我干,你就是学院未来的教导主任!否则,看到梅格了吗?她就是你的下场!聪明人应该学会如何选择!"阿姆达公主一会儿甜言蜜语,一会儿又危言恐吓,在她的威逼利诱下,欧迦娜公主的声音渐渐低了下去,诚惶诚恐地说:"是,我……我都听您的。"

"现在我们要尽快将整个学院牢牢控制住,否则消息一旦走漏,就会惊动魔法部,如果大批魔法师赶到,我们就失了先

第九章
图书馆密谋

机。你们马上分头去那几幢教学部和办公楼守着,如有异动,格杀勿论。我要留在这里完成一件更重要的事。""嗷呜!"一声响亮的狼嚎在寂静的图书馆里蓦地响起,特蕾娅闻声色变,低低地惊呼出声:"是梅格!她也在这里!"

突然,那边的谈话意外地停了下来,整个图书馆变得异常安静。特蕾娅恍然意识到什么,忙用手捂住自己的嘴巴,维维亚娜无可奈何地瞪了她一眼,拉着她赶紧往回撤:"我们恐怕惊动他们了,快找地方躲起来!"走廊两侧的房间个个房门紧闭,他们只能一扇扇地去推那些门,终于维维亚娜的骑士推开其中一扇门,冲她们打手势。大家赶紧闪了进去,飞快关闭房门。

门刚关闭,阿姆达公主便领着人追了过来,她满脸戒备地环顾四周却没有发现任何异常,嘴角泛起一抹狡猾的笑:"好了,也许是我听错了,我们都回去吧。"听着门外的脚步声渐渐远去,特蕾娅轻轻松了口气,冲维维亚娜佩服地竖起大拇指,说:"真被你猜着了,阿姆达果然在这里!看来上次阿姆达没有从那间密室里取走她想要的东西。"

维维亚娜神情笃定,似乎对她的判断有着十足的把握,自信地说道:"当然,要是阿姆达拿到了她想要的东西早就第一时间逃了,还会继续留在学院等着身份曝光吗?你那次险些被她发现已经打草惊蛇了,她怕暴露身份只能暂时先离开,等风声过去。今天她把我们禁足肯定是想找机会再来这里!所以我判断,无论她想做什么最终一定会回到这里!"

这时，咻咻一对尖耳朵倏地竖起，警惕地回头看向身后，低若蚊声地在特蕾娅耳边说道："主人，这里有人！"几乎是同一时间，昏暗的房间响起一个低低的鬼魅般的声音，带着几分沙哑："你们说得没错……"

正在窃窃私语的伙伴们顿时一惊，吓得差点儿惊叫起来，他们飞快地转过身来紧张地环顾四周。这里是存放旧书的库房，一堆堆的书籍在地上整齐码放着，只有东南角的壁灯亮着微弱的灯光，仅能照亮附近一块巴掌大的区域，灯光照不到的黑暗角落里传出一阵窸窸窣窣的声音，好像有人躲在后面。"谁？"特蕾娅惊慌地一声低喝。

三个人一起慢慢朝着发声处靠近，绕过那些一人多高的书堆，眼前赫然出现一位穿着图书馆管理员制服的中年妇女，她用手扶着左臂，面色苍白地靠在倾倒的书堆上喘息着，黑色的裙装被压得皱巴巴的，浑身上下沾满了灰尘，绾在脑后的古板发髻因松动而变得乱糟糟的，鼻梁上的黑框眼镜上一只镜片出现了裂纹，看上去十分狼狈。特蕾娅按着怦怦乱跳的心脏，惊魂未定地瞪着她，低声埋怨道："您……您是管理员！您干吗躲在这里吓人啊？差点儿吓死我们！"

"我不是想吓唬你们，恰恰相反，我跟你们一样发现了一些不同寻常的事。"管理员警惕地向周围看了一眼，小声说道。

听她的口气似乎知道了什么，维维亚娜稳定心神，急声追问："您知道了些什么？"

第九章 图书馆密谋

管理员的神情透着浓浓的不安和担心，冲他们招了招手示意她们凑近些，焦急地低声说道："公主们，我需要你们帮我一个忙。这件事非常紧急，除了你们，我找不到其他人了。""出了什么事？您有没有受伤？需要我们做什么？"特蕾娅急切地询问。

"刚才有几个老师闯了进来，打伤了我们的侍者，他们穿着我们的制服，手段却属于黑暗派系的，我怀疑有黑巫师的爪牙混入了这里！我本想借助飞鸟报信，谁知他们一来就将我们饲养的所有'通信兵'都杀死了，我必须马上将此事报告给校长和其他老师！可惜我的胳膊受伤了，实在走不动了。"管理员用手紧紧按着左臂的伤口，喘息地说道。

"老师，阿姆达公主已经被黑化了，她正与同伙密谋从这里抢走一件很重要的东西？"特蕾娅将他们发现的情报通通告诉了管理员，管理员听完，脸色突然变得极度苍白，浑身不自觉地颤抖起来，似乎被她们的话吓得不轻。"糟了……糟了……这下危险了……学院恐怕会有大麻烦了！不行，就算爬着去我也要告诉校长这一切！"管理员惊慌地低叫，声音都跟着颤抖了起来，她吃力地扶着墙壁试图站起来，但体力不支的她差点儿滑倒，幸好被特蕾娅及时扶住。维维亚娜猛然想到一个关键的问题，一把抓住管理员的手急急问道："等一下，他们的目标是图书馆三楼的东西，那里面到底藏了什么重要的东西？"

"你们怎么知道有三楼？"管理员惊异地看着他们，嘴唇

颤动着想说什么又迟迟没有出声,似乎有所顾虑。特蕾娅用力跺了下脚,着急地叫道:"哎呀,现在都什么时候了,没时间再犹豫了,无论如何我们都要阻止他们的阴谋!"管理员用力咽了口唾沫,内心陷入了激烈的斗争,犹豫再三后她终于抬起头,向他们道出这件机密:"事到如今,我也不瞒你们了。图书馆的第三层存放着我们学院的最高机密……圣露西亚公主学院是魔法大陆设在人类世界的最高管理中枢,掌握着所有在人类社会生活的公主资料,而这些资料就保存在图书馆顶层的密室中。"

管理员的回答,令他们如遭雷击般浑身一震。原来,阿姆达公主的目的是盗取所有公主的绝密档案,那里记录着所有隐藏在人类世界的魔法公主!黑巫师如果掌握了她们的行踪并且利用她们就能轻而易举地收复那些魔法国家,进而统治整个魔法世界。这个消息惊得他们说不出话来。

"难怪黑巫师们削尖脑袋也要混进圣露西亚公主学院,她们真是野心勃勃啊!"特蕾娅惊讶地说道。可怕的事实一下子让他们如置身冰窖一般,寒意四起。

管理员握住特蕾娅的手,急切地说道:"孩子们,事关紧急,我恳求你们帮我把这个消息带给校长!校长是魔法部成员,形势危急时有调动魔法部武装骑兵的权力,如果那伙人的目标是密室里的东西,那敌人的力量不能小觑,现在只有调动武装骑兵才能挽救大局啊!"

"您放心,我们一定想办法把话带到!可是我们要走

第九章
图书馆密谋

了,就没有人能阻止阿姆达他们了,万一他们进入密室怎么办?"特蕾娅担心地低叫。"那些资料都被魔法加密了,他们就算进入密室一时半会儿也破解不了那里的封印,你们能做的就是尽快找人通知魔法部,只有他们有能力将黑暗公主一网打尽,平息事态!别管我,你们快走!"管理员心急如焚,焦急地抓着特蕾娅的手,催促他们快走。

"不行,这里太危险了!我们不能丢下你!"特蕾娅心一急,挽着管理员的手臂,一把将她半抱半拖地扶了起来。"砰"!正当他们准备离开时,房门突然被用力地推开,几个人堵住了他们的去路,为首的正是阿姆达公主。"我正要找你们呢,没想到你们自己送上门来了!倒也为我省去了时间!"阿姆达公主脸上漾着一贯的温柔笑容,不慌不忙地从腰间抽出魔法棒。管理员见阿姆达公主要出手,情急之下一把推开特蕾娅,朝阿姆达公主扑去,张开双臂紧紧抱住她,急声大喊:"你们快跑!"

"赫赫巴斯!"眼见另外两名同伙要反击,维维亚娜抢先一步举起魔法棒朝他们甩出一记冲击波。趁他们乱作一团,特蕾娅他们赶紧夺门而出,朝着图书馆大门拔腿飞奔。

阿姆达被图书管理员死死拖住一时摆脱不开,为了阻止特蕾娅他们,她连忙晃动手中的魔法棒喊出一句召唤咒语:"鲁司菲斯,召唤寄魂兽!"只见面前的空地上现出水波状的光圈,中间蜷缩着一匹草原狼,草原狼挣扎着站起来,转头看向阿姆达。"去!拦住他们!咬断他们的喉咙!"阿姆达公主手

指着特蕾娅他们,恶狠狠地嘶吼,恐怖的声音在寂静的图书馆里发出了阵阵回音,缭绕不绝。

草原狼眼中泛起邪恶的红光,不等阿姆达公主说完,风似的蹿了出去。

伙伴们拼命奔逃,恨不得脚下生风,眼看着图书馆的大门就在前方不足三十米处,此时背后传来一阵密集的脚步声,听起来就像爪子抓挠地面的声音,还伴随着粗重的喘息和愤怒压抑的咆哮,似乎有什么可怕的野兽正在以更快的速度追击上来。

听到后面的低吼,特蕾娅心头有种不祥的预感,回头一看,大惊失色,一匹凶猛的草原狼已追至近前,正是化为狼身的梅格!它龇着牙,凶狠无比,仿佛多日未进食的恶狼看到了美味的猎物,迫不及待想将眼前的猎物撕得粉碎。特蕾娅顿时吓得浑身发软,脚步一下慢了下来。草原狼瞅准时机一跃而起,张开了血盆大口,露出锯齿状的利牙,直朝着特蕾娅飞扑上来。"啊!"特蕾娅失声尖叫,颤抖的手几次都没有拔出腰间的魔法棒,一颗心倏地提到了嗓子眼。

"赫赫巴斯!"危急关头,维维亚娜和她的骑士同时举起魔法棒喊道。

"嗷呜!"那匹狼被两道凌厉的冲击波击中,惨叫着从空中重重摔到地上。来自身体的疼痛令狼凶性大发,从地上迅速翻身站起来,眼神变得更加凶狠,弓着身子一步步朝他们逼近。

第十章
沉睡的学院

不仅吉娜老师一间办公室的人都睡着了,从一层到三层所有办公室里都是同样的情形,老师们无一例外地都陷入了可怕的沉睡中!

　　草原狼泛黄的齿缝间流出口水，喉咙里不断发出充满威胁的声音，灰褐色的眼睛紧紧锁定面前的"猎物"。梅格不是被莱茵奥特照顾着吗？怎么会在这里？看着草原狼满脸凶相地步步逼近，特蕾娅紧张地直冒冷汗，小腿一阵阵地抽筋，她战战兢兢地向后退，一边焦急地叫道："梅格，你不要再被他们蛊惑了！好好看看我们，我是特蕾娅啊！"特蕾娅急切地一遍遍喊着梅格的名字，希望能借此唤回梅格的神志，旁边传来维维亚娜冷静的话音："没用的，她已经失去理智了，只有把她重新变回人形才有希望将她唤醒。"

　　看着昔日的同学被邪恶分子利用，变成了没有思想的野兽，特蕾娅眼角有些泛红，一向乐观的她突然有种无能为力的挫败感。"这里交给我们，你快走！"维维亚娜和骑士守在图书馆门口，替特蕾娅挡住了草原狼的进攻。同伴的话提醒了特蕾娅，阿姆达为了自己的野心不惜利用梅格和欧迦娜，再不阻止她，不知道接下来又会有谁落入阿姆达的手中。时间一分一秒过去，她必须尽快将这里发生的事情报告校方，想到这儿，她用力握紧拳头，坚定地说道："放心，无论如何我也要叫来

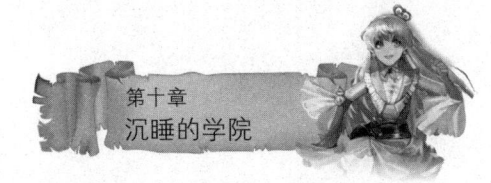

第十章
沉睡的学院

救兵阻止阿姆达的阴谋！这里就交给你了，保重！"

"嗨，你要说话算话，我可不想像个傻瓜似的在这里孤军奋战。相信朋友是需要很大勇气的！"维维亚娜勾起嘴角自嘲地说道。独立骄傲的维维亚娜一向独来独往，从不喜欢与人亲近，而这一次特蕾娅却从她的话语中感觉到了信任，心里泛起丝丝暖意，她调侃地回了一句："我不会让堂堂学霸沦为可怜的傻瓜遭人嘲笑的，虽然我很想看到这一幕！"说完，特蕾娅转身跑了出去。

特蕾娅用最快的速度跑开。她先去梅格那里找莱茵奥特，谁知，莱茵奥特不知去了哪里。她又匆匆赶去办公楼，却没想到这一路上竟然看不到一个人，就连办公楼里也寂静无声，让她隐隐觉得似乎哪里不对劲儿。"主人，你有没有觉得……这里太静了！"咻咻压低声音在特蕾娅耳边说道。

"是啊，怎么这么安静？难道没有人吗？"特蕾娅也注意到了，她喘息地停下脚步，困惑地朝左右两边的长廊看去。明明是大白天，楼里楼外却看不到半个人影，整幢城堡死一般的沉寂。唯有从外面飘进来的叽叽喳喳不绝于耳的鸟鸣，热闹得一如往昔。如此鲜明的对比，让人有种说不清道不明的诡异之感。特蕾娅拐向右边的走廊轻轻推开第一间房门。"老师？"门被推开的一刻，特蕾娅不敢相信地睁大了双眼，脸上露出掩饰不住的错愕与惊讶。

办公室里的老师都在，可是奇怪的是，所有的老师都趴在书桌上沉沉地睡着。"什么情况？还大白天呢就睡起觉了，

这也太奇怪了吧？"特蕾娅小声自语地走进去，环顾四周，很快找到了最里面的吉娜老师。吉娜老师趴在办公桌上，额头抵着桌面一动不动，手中还握着羽毛笔，桌子上放着写了一半的信。特蕾娅快步走过去，推了推她的肩："老师，快醒醒！我有急事找您！"

"啪啦"！吉娜老师身体一晃动，手中的羽毛笔掉到了桌上，而吉娜老师就像死去一般毫无动静。特蕾娅扭头看见教神奇生物课的老师就在旁边，伸手过去推了推他："老师？老师？"他没有任何反应，犹如死去一般。咻咻从特蕾娅肩头跳下来——查看其他老师，结果令特蕾娅大吃一惊，全屋老师都陷入了沉睡，怎么也叫不醒，毫无办法的特蕾娅急得一跺脚，风风火火地跑了出去。"去别的办公室看看！"

特蕾娅急急忙忙沿着走廊一路敲门，整幢城堡竟然无人应答，一连推开好几扇门，她赫然发现了一个惊人的事实。不仅吉娜老师一间办公室的人都睡着了，从一层到三层所有办公室里都是同样的情形，老师们无一例外地都陷入了可怕的沉睡中！他们有的趴在书桌上，有的靠墙瘫倒在地上，还有的干脆滑到了桌下……他们不是眼皮紧闭，就是眼睛微张双目无神，看上去就像被抽走了筋骨和灵魂的玩偶一样，谁都没有半点儿反应。整幢办公楼仿佛被施了沉睡魔咒一般。

"怪不得这里这么安静，原来老师们都睡着了……这睡觉的时间也太奇怪了……"咻咻小声地说道。看着面前一个个昏睡过去的老师，特蕾娅感觉自己就像置身于一个无声的世界，

第十章 沉睡的学院

心里生出强烈的不祥预感。她猛地打了个寒噤，惊疑不定地低语："不对！这里简直太不正常了！我得赶紧找一个正常的人来问问，这里究竟发生了什么事！"她的话音刚落，走廊里意外地传来一阵杂乱又急促的脚步声和七嘴八舌的争执声。

"欧迦娜公主不知使了什么花招，深得阿姆达公主的信任，一再对我们发号施令！"

"别发牢骚了，现在学院里发生了这么多奇怪的事，阿姆达公主正在力挽狂澜，这时候我们不能再闹内讧！"

"我好害怕，学院怎么会变成这样，会不会出了什么可怕的事？我们会不会有危险啊？"

"闭嘴！先找到特蕾娅和维维亚娜再说？也许她们知道这里发生了什么事！"

是班里的同学们！听到外面的动静，特蕾娅马上跑了出去，正好跟迎面跑来的公主们打了个照面。"特蕾娅公主？你怎么在这儿？"领头的公主是有着"棋王"称号的棋棋公主，她一看到特蕾娅就吃惊地叫出声。其他公主们也一脸惊疑地交换着目光，一齐朝她看来。

"看到你们真是太好了！我刚到这里，我发现整幢楼的老师都睡过去了，没有一个人醒着！"特蕾娅正将她发现的情况告诉公主们，谁知棋棋出其不意地一句反问惊得她说不出话来："这也是我们心中的疑问，这一切难道不是你的杰作吗？"

"我？"特蕾娅意外地一愣，猛然发现公主们看向自己

的表情和眼神透着浓浓的怀疑,似乎把她当成了造成这起事件的罪魁祸首。"没错,就是她干的!"就在这时,一个幸灾乐祸的声音在走廊里响起。欧迦娜公主穿过人群走过来,当着一众公主,颐指气使地"揭发"特蕾娅的罪行。"阿姆达公主对她太过严厉,她心怀不满,私自制作了学院明令禁止的沉睡药水,并将药水倒入了餐厅取水的星愿河中,这一切都是我亲眼所见。你们不是奇怪特蕾娅公主为什么要这样做吗?我现在就告诉你们,特蕾娅根本不是什么塞尔西亚国的公主,她是冒牌货!圣露西亚学院的公主档案里从来没有她出入境的记录!"

"啊啊啊!竟然有人污蔑主人!咘咘要撕烂她的嘴!"咘咘气得火冒三丈,恨不得扑上去在欧迦娜公主的鼻子上狠狠咬上一口。特蕾娅震惊地望向欧迦娜,愤怒地叫道:"欧迦娜公主,你什么意思?想栽赃陷害我吗?"欧迦娜公主的指控成功地将所有人怀疑的焦点引到了特蕾娅的身上,棋棋意外地看着特蕾娅,眼中露出了惊讶的神色:"是真的吗?这里没有你的档案?"

"据我所知,的确没有。"特蕾娅坦言承认道。她的话一出口,公主们都惊呆了,大家看向特蕾娅的眼神都变了,个个警惕地盯着她。欧迦娜理直气壮地笑道:"你们都听到了吧?这可是她亲口承认的,我可没有乱说哦!"

"住口!"看到欧迦娜那副小人得志的模样,特蕾娅骤然暴怒,厉声喝止,"欧迦娜!别以为没人知道你们的阴谋!阿姆达公主在图书馆说的那些话我可听得一清二楚!难道你真没

第十章
沉睡的学院

有看出,阿姆达公主已经黑化了吗?"欧迦娜公主脸色骤变,像是看到什么可怕的东西,畏惧地向后退了一步,眼神出现片刻的慌乱。很快,她稳住心神强作镇定地说:"我不知道你在说什么。"

"原来你的记性这么差呀,那我就把听到的那些话原原本本地学给你听!"特蕾娅哼笑。"我也是刚刚才识破阿姆达的身份,就在一个小时之前……"当着众人的面,特蕾娅准备把在阿姆达公主房间里发现的证据以及在图书馆里获悉的密谋之事全部讲出来。就在此刻,欧迦娜清秀的面庞因紧张而扭曲起来,不等特蕾娅把话说完,她便恼羞成怒地举起魔法棒朝特蕾娅甩出一记禁言咒。毫无防备的特蕾娅顿时感到嘴巴一阵刺痛,刚要张嘴说什么,却吃惊地发现自己竟然无法说话了!她用手摸着嘴巴,愤怒地瞪向挑着眉头偷笑的欧迦娜,心中暗暗大骂:"该死!被欧迦娜暗算了!"

"大家不要听她胡说,特蕾娅没有身份记录,是我们中间最值得怀疑的人!就是她和维维亚娜离开的那段时间老师们出的事!快把她抓起来关进水窖!"欧迦娜得意地指着特蕾娅,有恃无恐地大声说道。愤怒的公主们挥舞着双手,蜂拥着抓向特蕾娅。"唔……唔唔……"看到公主们都被欧迦娜公主蛊惑,特蕾娅又气又急,无奈她一句话也说不出来,根本无法为自己辩解,只能挣扎地不断向后退。几秒钟的工夫,特蕾娅就被攻击得一身狼狈,头上的发卡都被扯掉了,头发散落下来,身上的衣裙也被她们粗暴地撕扯。平时看上去优雅迷人的公主

们此刻变成了凶暴无情的士兵,分分钟要将她撕成碎片!

"主人,你不是她们的对手!快逃啊!"咻咻见情形不妙,在特蕾娅耳边大声嘶吼。咻咻的话提醒了特蕾娅,她顾不上手掌有伤,连忙拔出腰间的魔法棒准备防御,这时她猛地想起自己被欧迦娜施了禁言咒,急声大叫:"不行,我说不了……"话刚出口,她猛地反应过来,自己居然能开口说话了!她大喜过望,举起魔法棒大喊:"防御盾!"一张闪烁着七彩光芒的流光盾牌封住了房门,挡住了所有人的攻击。趁这个机会,特蕾娅飞快撤回屋内,朝窗户奔去,用一只手撑着窗台,纵身一跃向窗外跳了出去。

"现在老师们都中招了,公主们又不相信我,我只能去找校长搬救兵了!"特蕾娅朝着办公楼后面的校长塔楼狂奔。

"别跑!站住!"公主们的喊杀声从后面传来,催促得特蕾娅不停地加快脚步,一道道冲击波从后面射过来,"噼里啪啦"地打在她脚下,溅得泥土和花瓣乱飞。特蕾娅脚步不停地奔进校长专用的塔楼,一口气跑上五楼,"砰"地撞开厚重的木质大门。一冲进校长室,特蕾娅仿佛浸浴在了神光之下,金色的阳光透过宽大的落地窗照射进来,映得满室温暖又明媚。一位穿着魔法制服的老人站在书架前,背对着门,正低头翻看着手中的书。

"校长,我有急事找您!"特蕾娅一冲进去就急声叫道。校长转过身来,特蕾娅惊讶地瞪大眼睛,手指着他脱口而出:"白胡子老头儿?怎么……是您?"眼前的校长竟然是图

第十章
沉睡的学院

书馆里教她魔法技巧的那位亲切的老人！没想到他就是校长！

"呵呵，特蕾娅公主，我已经等你很久了，你比我预料的来得要晚啊。"校长向特蕾娅露出一个温和可亲的笑容，然后将手中的书插回书架，回到办公桌前。对她的突然到访，校长似乎没有半点儿惊讶，只是那双深邃慧黠的眼睛看上去似乎与往日有些不同，隐约闪烁着意味不明的光芒。认识校长那就更好办了！特蕾娅欣喜地快步冲到办公桌旁，前倾着身子，急切地说道："校长，不好了！阿姆达公主已经被黑化，她正组织人准备控制圣露西亚学院！现在所有的老师都昏睡不醒，公主们现在都乱套了！"

正说着，门外传来一阵乱哄哄的吵嚷声和急促的脚步声，转眼间，公主们拥进了校长办公室。特蕾娅戒备地退到办公桌后面，抓着校长的衣袖急声说道："校长，快通知魔法部派人增援吧，不然等阿姆达公主控制了整个学院就来不及了！"欧迦娜公主看到特蕾娅在向校长告状，快步上前，凶巴巴地瞪着她威胁道："特蕾娅公主，你竟敢跑到校长这儿扯谎，还嫌学院不够乱吗？你对老师们做的那些事我们还没有向校长报告呢！"说完，欧迦娜便将老师们被人用沉睡药水暗害的事报告给校长，还添油加醋地将特蕾娅描绘成一个阴险狡诈潜伏于此的黑暗公主。特蕾娅愤怒地握紧拳头，咬牙切齿地对欧迦娜公主吼道："喂，到底谁在胡说八道你心里清楚！难道看不出来阿姆达公主只是在利用你吗？"

"够了！特蕾娅公主！"校长皱起眉头，神情威严地呵斥

道,"欧迦娜公主入学时间比你长,一直是学院的优秀公主,任何情况下你都不可以对优秀公主肆意谩骂诽谤。鉴于你现在很不理智的举动,我不得不相信欧迦娜公主的判断,鉴于她汇报的情况,我将按照校规对你从严处罚!"什……什么?特蕾娅简直不敢相信自己的耳朵,校长居然不分青皂白就轻易相信了欧迦娜的话!"不仅如此,最近我还不断接到老师们的反馈,说你每天扰乱课堂秩序,课后四处乱跑不见踪影,完全无视学院的规章制度。数罪并罚,你去面壁思过吧。把她关到楼下的隔离室里去!"校长挥了挥手,欧迦娜公主面露得意之色,和棋棋公主一起上前扭住特蕾娅的胳膊。

校长的处罚如同晴天霹雳打在头上,特蕾娅整个人都蒙了。她每天一放学就跑去图书馆,所有时间都跟校长在一起补习魔法功课,校长应该很清楚,而现在他居然装作什么都不知道的样子斥责她四处乱跑,还要将她关押起来?跟以前那个和蔼可亲、爱开玩笑的他相比,简直就像变了个人似的!

"校长,您误会我了!您不能光听他们的一面之词啊!"特蕾娅挣扎着大叫。欧迦娜却没有给她申辩的机会,强行将她推出门外。"走吧,特蕾娅公主,这可是校长的决定,怪不得我们!"特蕾娅极力扭动着身体朝校长望去,还想再说点儿什么。校长站在办公室门口,脸上缓缓漾起了笑容,但那个笑容看上去是那样陌生、阴冷,隐藏在镜片后面的那双眼睛中也透着丝丝寒意,那是一种恨不得送她下地狱的凛冽无情的眼神。

第十一章
藏书室里的囚徒

特蕾娅偷偷拨开那人的头发想看看他的样子,当看到那人的真容时,特蕾娅不禁吃了一惊,眼睛瞬间睁大。"校……校长!"这个人竟然长了一张与校长一模一样的脸!

欧迦娜和棋棋公主对特蕾娅粗暴地推推搡搡，将她带到一层的隔离室。欧迦娜推开门，按着特蕾娅的肩膀往里一推，幸灾乐祸地坏笑道："你就老老实实地在里面好好闭门思过吧，亲爱的特蕾娅公主！"特蕾娅踉跄地跌进昏暗的地下室，"扑通"摔到地上，接着门被"砰"的一声关上，外面响起丁零当啷的锁链声。

从特蕾娅肩头滚落下去的咘咘骨碌碌地滚到她身边，露出脑袋愤愤地叫道："天哪，她们都疯了吗？她们怎么能这样对待主人？"特蕾娅从地上爬起来，飞快地冲过去，用拳头重重地打在铁门上，发出"咚咚"的砸门声。"喂，你们不能把我关起来！放我出去！"外面没有任何回应，听着杂乱的脚步声渐渐远去，特蕾娅气得用力踹了下门，颓败地靠着门滑坐在地上，一时间脑子里乱糟糟的。"怎么会这样？她们被欧迦娜煽动蛊惑不理解我就算了，为什么校长也站在了她们那边？我以为……以为至少校长会支持我的，到底哪里出了问题？"大受打击的特蕾娅喃喃自语着，陷入了深深的迷惘中。

咘咘轻轻跳到主人肩头，见她埋头不说话，它也伤心地

第十一章
藏书室里的囚徒

低下头:"维维亚娜公主还指着主人搬救兵,谁知主人也遭了难,可怜的主人。"它默默地蹲坐下来,不时地转动小脑袋向主人投去同情的目光。

特蕾娅抱着膝盖坐在地上,默默回想起校长在图书馆里耐心讲解魔法时的举止神态,甚至把她拉到身边手指着书上的字不厌其烦地教她,那时的他多么谦和。而这次见到他就像变了个人似的,给人一种冷漠无情的感觉,为什么前后会有这么大的变化呢?特蕾娅越想越觉得不对劲儿,她抬起头摸着鼻子陷入思考:"不对,这些天校长一直在陪我补习魔法,我感觉得出来他很关心我,我们就像多年未见的老朋友,可是今天他却当着众人的面装作不认识我的样子,而且看我的眼神那样陌生,我越来越觉得这个校长不是我以前认识的那个人!如果不是他故意做戏给别人看,那这里面肯定有问题!不行!我要从这里出去,找校长问个明白!"她猛地从地上站起来。

"可是主人被她们关起来了,怎么出去啊?对了!咘咘去找莱茵奥特殿下帮忙,他现在肯定找主人找疯了!"咘咘飞快跳下特蕾娅的肩头,从铁门上方的铁窗溜了出去。

咘咘走后,特蕾娅扭头打量四周,地下室里空荡荡的,什么也没有,墙脚和地上落着厚厚的一层灰尘。仅有的一个窗口只有篮球那么大,锈迹斑斑的铁栏杆让她无法从窗口爬出去。突然,墙壁上一个方形的铁盖吸引了她的注意力。那是什么?她走过去拉开铁盖,随即一股淡淡的恶臭从里面弥漫出来,熏得她险些呕吐出来。

特蕾娅仔细瞧了瞧四周,基本断定这是个垃圾通道。虽然这里的空气非常糟糕,但是就特蕾娅目前的情况来看,她除了这唯一的生机之外,并没有别的选择。特蕾娅捏着鼻子,好奇地把头伸进垃圾处理口向上望去,黑乎乎的管道里每隔一段距离就能看到一丝亮光,好像是各层洞口透出的光。特蕾娅眼珠一转,心里有了主意。"我何不从这里爬上去呢?这样不就可以逃出去了吗?哇,我怎么这么聪明啊!"特蕾娅顿时来了精神,马上从裙摆上撕下一截长布条缠住自己受伤的右手,又从身上扯下一块布充当口罩蒙住口鼻,探身向黑漆漆的管道钻了进去。

特蕾娅从小就像男孩子似的活泼好动,爬树翻墙这种事早就成了家常便饭。她张开双手撑住墙面,用脚寻找固定点,在狭窄的通道里一点点向上挪动。好不容易挪到第二层洞口,她用手一推,顿时傻眼了,没想到出口被封死了。"不会这么倒霉吧?还要继续往上爬?"特蕾娅咬紧牙关,忍着右手的疼痛继续往上爬,出乎意料的是,在第三、四层的洞口也遇到了相同的问题,这下特蕾娅心里凉了半截,低头看向黑漆漆的脚下,此时已经离地八九米高了,下去恐怕也不容易,再抬头看看上面,只剩下最后一层了。怎么办,是上还是下?

她喘着粗气,撑着墙壁的手臂不住地抖动,被汗水打湿的发丝黏糊糊地贴在额头上,她用力闭了闭眼睛,再次睁开,眼神变得坚定无比。"赌了!"她咬着牙,继续一鼓作气地往上爬。此时她的体力几乎快耗尽了,每向上爬一步,都要停下来

第十一章 藏书室里的囚徒

休息片刻,手臂抖得越来越厉害。看着越来越近的出口,她只有努力坚持,不敢去想一旦失了手自己会不会滑落下去摔成一摊惨不忍睹的肉泥。

终于,特蕾娅爬到了顶层,用沾满灰尘的手去推洞口的封盖。"吱呀"!封盖应声而开,筋疲力尽的特蕾娅努力将上半身探出洞口,用手臂撑住洞口,双脚用力一蹬墙壁,顺势从臭气熏天的黑暗通道里"扑通"一声掉进房间。"谢天谢地,终于爬上来了,累死我了……"特蕾娅狼狈地仰面朝天躺在地上,连说话的力气都没有了,活活将自己累成了一摊烂泥。

休息了一刻钟,特蕾娅总算恢复了一点儿精神,她扯下脸上的面巾,有气无力地从地上坐起来,看向四周。这里是一间顶层的阁楼,地上堆放着长年累月积攒下来的泛黄的过期报纸和书籍,一垛垛堆在地上犹如小山般高,几张破旧的书桌上摆满了装有不同颜色液体的瓶瓶罐罐,还有一些奇怪的仪器,这里看上去似乎是间杂物储藏室。血红的暮色从落地长窗照射进来,在堆满杂物的地上投射出一道道光怪陆离的诡异暗影。

"奇怪,怎么不是校长室?我怎么跑到这儿来了?"特蕾娅低声自语,从地上爬了起来。屋里很安静,静得一切细小的响动都被放大了十几倍,不知是不是自己的错觉,特蕾娅依稀听到屋子里好像有人的呼吸声。她轻手轻脚地向门口方向走去,不敢发出半点儿声音。

特蕾娅光顾着打量四周,却没留神脚下,一下子被什么东西绊到,"扑通"摔到地上。回头一看,特蕾娅不禁吓了一

大跳,没想到阁楼里还有别人!这个人头朝下,倒在旧书籍堆成的书垛旁一动不动,正是他的腿绊倒了她。"老天,这……这是什么情况?怎么这里倒着一个人?"特蕾娅被吓得不轻,心脏怦怦乱跳,她壮起胆子伸出颤抖的手戳了戳那人的腿。那人就像死去一般,始终没有半点儿反应。特蕾娅壮起胆子蹲下身,仔细打量起面前的人,越看疑心越大。"他是谁呀?怎么觉得有点儿面熟呢?"

这个人身上穿着圣露西亚公主学院的魔法制服,灰白色的弯曲长发乱糟糟地披散开来,遮住了那人的面孔,从身形上看像极了她认识的一个人。特蕾娅偷偷拨开那人的头发想看看他的样子,当看到那人的真容时,特蕾娅不禁吃了一惊,眼睛瞬间睁大。"校……校长!"这个人竟然长了一张与校长一模一样的脸!特蕾娅心跳加快,不敢相信地瞪着陷入昏迷的老人,整个人都蒙了!这是什么状况?之前他不是在校长室里好好的吗?怎么又会昏倒在这里?

不管怎么说,先把人救醒再说!特蕾娅连忙上前扶起校长,让他背靠着书垛,然后用大拇指用力掐着校长鼻下的人中穴。不一会儿,校长终于长长吐出一口气,缓缓地睁开了眼。"特蕾娅公主,原来是你呀。咦?我怎么会在这儿……"校长虚弱地看向四周,扶着隐隐作痛的头坐了起来。"您是……"特蕾娅刚要说话,就被校长伸手制止了,他抚着额头声音沙哑地说:"嘘,别说话,让我想想发生了什么事。"校长回忆片刻,似乎想起什么,轻喃道:"我想起来了,我本来坐在办公

第十一章
藏书室里的囚徒

室里给魔法部部长写信,写着写着,忽然闻到一股奇怪的香味,等我抬起头寻找香味的来源,意识渐渐变得模糊起来,后来就不省人事了……没想到有人对我使用这种卑劣的手段……对了,你怎么会在这儿?是学院出了什么乱子吗?"

"等等,您真的是校长吗?"特蕾娅这回变得小心谨慎,手指着他半信半疑地问。

"呵呵,你忘了,我们第一次见面是在图书馆,你的魔法还是我亲自教的呢!"校长呵呵一笑,冲她慧黠地眨了下眼睛。眼前的校长说话时的语气神态跟她认识的那个人完全一样,特蕾娅这下放松了警惕,但是心里的困惑反而更浓了。

"您是校长,那坐在校长室里的那个人是谁?"特蕾娅惊讶地低叫,把她在校长室里的经历一五一十地告诉了校长。

"这么说,有人冒充我处理公务……"听了她的讲述,校长的表情没那么轻松了,眉头拧成了一团,眼神变得异常严峻,沉声说道:"看来事情比我想象中的还要糟糕啊!"特蕾娅急切地说道:"校长,现在所有的魔法老师都陷入了沉睡,阿姆达公主和她的同伙已经控制了整个管理层,大部分公主还蒙在鼓里不知道发生了什么事。据我所知,阿姆达公主打算利用那些公主对付魔法部派来的援军,我本来想把阿姆达的阴谋告诉公主们,谁知遭到欧迦娜公主的暗算,被她施了禁言咒,所有的公主都只相信欧迦娜公主的话,认为我是加害老师们的凶手!"

"阿姆达公主真是野心勃勃,想将圣露西亚学院控制在自

己手中,利用这里的资源与魔法部针锋相对。一旦整个学院落到阿姆达公主手中,黑巫师就会闻风而来将这里作为邪恶势力的根据地,到那时即使魔法部的援兵到了,要把学院重新夺回来恐怕也要费很大一番力气。"校长为此感到忧心忡忡。

"那怎么办呀?现在我们唯一能争取到的力量只有那些蒙在鼓里的公主了!阿姆达身边有两名实力很强的帮手,就算公主们知道了真相,和我们站在一边,也只怕不是阿姆达他们的对手啊!"特蕾娅焦急地跺了下脚,不知该怎么办才好。"别急,让我想想!"校长艰难地从地上站起来,环顾周围,他拖着疲惫的身体走到墙角的书堆旁,忙碌地翻找起来。"特蕾娅公主,接下来这里将有场硬仗要打,可能会给你带来巨大的危险。你打算走还是留?现在离开圣露西亚学院还来得及,要想留下来,就要做好冒险的准备了。"

"开什么玩笑?我可不是那种贪生怕死的人!黑暗公主都打到我们地盘上来了,我怎么可以临阵脱逃?无论如何我也要把那个诡计多端的阿姆达从这里赶出去!"特蕾娅满身豪气地叉着腰,语气坚定地说道。看到勇气可嘉的特蕾娅,校长冲她露出了欣慰的表情,用赞赏的语气说道:"现在的你跟你的母亲真是一模一样啊,我差点儿以为你的母亲回来了,呵呵!"

"快点儿告诉我,接下来我们应该怎么做?"急性子的特蕾娅搓着手,迫不及待地追问,那神情就像期盼着冲锋陷阵的小兵在迫切地等着长官下达战斗指令。"不急,在出去之前我需要做一件事。"校长思索着什么,一会儿从这边的书堆里翻

第十一章
藏书室里的囚徒

出一本书,一会儿又从另一边的书堆里抽出一本,左顾右看地似乎在寻找着什么东西。特蕾娅好奇地追问:"您在找什么?我可以帮您找呀!"

"我在找一本古老的魔药书,上面记载着破解沉睡药水的方法。目前我们首要的任务是把那些沉睡的老师唤醒,所以我需要制作出沉睡药水的解药。"听了校长的话,特蕾娅立刻行动起来,手忙脚乱地在杂乱的屋子里翻找起来,校长忙不迭地伸手制止她。"轻点儿轻点儿!这些都是我收藏多年的古书和珍贵药材,每一本书每一包药材都价值连城,千万不可以弄乱了!"说着,他将找出来的书递给了特蕾娅,"我无法长时间站立,制作解药的事交给你了。"

"什么?我来做?"特蕾娅吸了口冷气,手指着自己的鼻子惊讶地低叫。校长对她也太放心了吧?她的魔药课成绩才勉强及格,怎么做得了这么重要的事?谁知校长坐在长桌一角轻松地跷起腿,没有丝毫担心地冲她点点头:"抓紧时间开始吧,制作方法在书上的第三十五页,需要用的工具都在桌上,我会在旁边指点你的。"看到校长没有改变主意的意思,特蕾娅暗暗叹了口长气,只好硬着头皮上阵了。她把泛黄的羊皮古书翻开摊在书桌上,将需要用到的工具拣到自己面前,然后从靠墙的许多药包里翻找出魔芋干花、鹿茸角粉和龙猫骨血等稀有药材。

"不,那不是魔芋干花,那是块茎粉……龙猫骨血要挑五年前的,提纯90%以上的……搅拌要均匀,你好像忘了添

加合成剂了……哦,不!温度还不够,现在烧制会前功尽弃的……"

旁边不时传来校长的提点,第一次制作工艺如此复杂的药水,特蕾娅显得有些手忙乱脚,恨不得自己多长出一双手臂来。落日的余晖渐渐被暗沉的暮色取代,阁楼里也随之变得一片昏暗。"轰"的一声,一股白烟冒出,特蕾娅手中的试管里装满了成功分离出的蓝色液体。"成功啦!沉睡药水的解药做好了!"满脸疲态的特蕾娅露出了胜利的笑容,不敢相信自己居然做到了!

"干得好,孩子!现在我们该去教师楼唤醒那些老师们了!"校长倚着身后的书架虚弱地笑道,他的脸色惨白得吓人,额头冒出豆大的冷汗,瘦弱的身躯摇摇欲坠,好像随时会倒下去似的。"校长,您的脸色怎么这么难看?哪里不舒服?"特蕾娅被校长的脸色吓了一跳,慌了神地追问。

"不碍事,这是那股异香的后遗症,我能坚持。我们先去办公楼救那些老师。"校长轻轻摇了下手。"不行,您得听我的,我这就背您出去看药师官!"特蕾娅匆匆将制作好的药水塞上木塞,然后装进运动短裤的裤兜里,转身背起气息虚弱的校长,快步奔出了阁楼。所幸一路上没有遇到其他黑暗公主的爪牙,也没有遇到其他公主们,特蕾娅背着校长一刻不停地直奔被粉红花海包围的帕特雷米神殿而去。

第十二章
帕特雷米神殿

　　帕特雷米神殿的楼身为纯白色，十几座形态各异的高大的女神雕像环绕在神殿外侧，与墙体连为一体。浅蓝色的屋脊上装饰着耀眼的金片，即使在光线昏暗的夜里都显得格外醒目，看上去就像笼罩着一层神光。

天空阴沉沉的，泛着墨色，透不出半点儿星光，一团团海藻状的浓云连成一片，看上去就像面目狰狞可憎的怪兽，居高临下俯瞰着大地。黯淡的暮色下，特蕾娅背着校长急匆匆地在粉红花海间穿行，为了避免撞上阿姆达公主那伙人，她特意挑着容易隐藏行迹的小路。晚风穿过树叶的缝隙，发出细碎的窸窸窣窣声，淡淡的花香也随风在空中弥漫开来。

不久，一座气势恢宏的庞大建筑出现在特蕾娅面前。帕特雷米神殿的楼身为纯白色，十几座形态各异的高大的女神雕像环绕在神殿外侧，与墙体连为一体。浅蓝色的屋脊上装饰着耀眼的金片，即使在光线昏暗的夜里都显得格外醒目，看上去就像笼罩着一层神光。"校长，再坚持一下，我们已经到了！"特蕾娅面露喜色，回头冲身后的校长叫道。一路负重的特蕾娅累得满头大汗，身体极度疲惫，可是一想到虚弱不支的校长，她咬牙坚持着往神殿门口走去。

"孩子，从神殿后门进去，看到一处泉眼，把我放进去……"校长语气虚弱地说完，头一沉昏了过去。"校长？校长？"特蕾娅见校长失去了意识，顿时慌了神，飞快背着校长

第十二章 帕特雷米神殿

绕到帕特雷米神殿的后面，脚步不停地奔进一扇隐秘的小门。"泉眼，泉眼在哪儿？"特蕾娅急得嘴里不停地念叨着，一冲进小门，便像只没头的苍蝇似的四处寻找泉眼。不期然地，面前被一尊巨大无比的白玉女神像拦住了去路。女神像姿态优美地高举着一只倒置的纯白宝瓶，宝瓶里源源不断地向外溢出活水，哗啦啦地注入下面的一汪水潭中，水潭上方氤氲着浓浓的水汽。

这应该就是校长说的泉眼吧？特蕾娅眼前一亮，快步赶了过去。女神像底座和水潭四周被生长旺盛的草丛包围，站在水边往里望去，只见水潭里生长着许多不知名的植物，水面上漂浮着长长的藤蔓似的细枝，整个水潭底部都被这些植物密密麻麻地占据了，就像里面铺了厚厚一层草垫。水面上"咕嘟咕嘟"地冒着水泡，清澈的水不断从水潭的边沿向外流淌。特蕾娅把校长放到地上，迟疑地看向水潭。"我没有听错吧，是把校长放进去吗？不会被淹死吧？"特蕾娅站在池边犹豫再三，眼看着校长的脸色越来越差，她只好硬着头皮把校长推下去。"扑通"一声，校长没入水中，缓缓朝水底沉去。谁知，就在这时，不可思议的一幕发生了！就在校长入水的一刻，原来漂浮在水中轻轻荡漾的植物突然间仿佛具备了某种灵性，全都活了起来。它们像一条条青绿色的游蛇在水中扭动着，一根又一根地缠上校长的手、脚和脖子，一根更粗的藤蔓灵活地缠上校长的腰，将他往池底拖去。

天哪？怎么会这样？特蕾娅被眼前的情形吓呆了，眼睛

顿时睁得老大，这是什么鬼东西？她慌忙跪在池边伸手去拉校长，大声惊叫："校长！"特蕾娅及时抓住他的手，用力往上拉，谁知水中的植物缠绕力极大，竟让她一时无法将校长拖出水面。就在她与植物展开较量的时候，一根青绿色的藤枝悄无声息地缠上了特蕾娅的手腕，骤然收紧。特蕾娅一阵惊慌，条件反射地松开了手。"啊，不要！"等特蕾娅反应过来再去拉校长已经来不及了，校长被瞬间淹没。校长双眼紧闭，犹如死去一般没有半点儿反应，任凭那些妖化的可怕植物拖进深深的水底。特蕾娅只能眼睁睁地看着校长被不知名的植物吞没……很快植物重新封锁了水面，静静漂浮着，恢复到原先的样子，仿佛什么事都没有发生过似的。

完……完蛋了？那些植物把校长给"吃"了！特蕾娅惊骇地看着池面，心怦怦跳得厉害。这真的是校长说的泉眼吗？他可没有说还有这些鬼东西呀，该不会是搞错了吧？特蕾娅惶惶不安地守在池边不知该怎么办才好，当想到校长很有可能因为她找错了泉眼而失去性命，她的一颗心直沉谷底，大脑一片空白……

特蕾娅瘫坐在池边不知过了多久，终于缓过神来，她揉了揉泛酸盈泪的眼睛，忍不住低低地哽咽出声："对不起，校长……都是我的错，我真是太没用了……"她低下头，肩头止不住地抖动，泪珠接连不断地从脸上滚落下来，陷入巨大的伤心与自责中。

时间一点一滴在流逝，空旷冷寂的帕特雷米神殿里悄无声

第十二章 帕特雷米神殿

息,特蕾娅如雕像般瘫坐在泉眼旁,一动不动。

"大人,对不起,我遇到一点儿麻烦来晚了!"伴随着一阵急促的脚步声,寂静的大殿里传出一个低沉的道歉声,打断了特蕾娅的静默出神。"是阿姆达公主的声音!她来这里做什么?她在跟谁对话?"特蕾娅揉了揉眼睛,扭头朝身后的殿门望去。泉眼位于神殿后门一个独立的小室,声音是从通往大殿的雕花木门里传出来的。

"阿姆达公主,我一接到你的消息就赶来了,你做得很好,我们的主人会好好嘉奖你的!"在阿姆达公主声音之后,大殿里又飘出一个低低的、略显沙哑的苍老声音。特蕾娅觉得这个声音听起来有些耳熟,似乎在哪里听过。

阿姆达公主的语气中带着几分卑微的意味,小心翼翼地讨好道:"都是伟大的擎鸦大人您的功劳,多谢您赐给我的沉睡药水,全校老师无一幸免地全都陷入了沉睡,罗严塔尔校长也解决掉了,剩下那些不成气候的公主现在都听我指挥,如今整个圣露西亚公主学院都在我们的掌控之中。"

特蕾娅突然反应过来,阿姆达公主刚刚提到的擎鸦,不就是黑魔头身边最阴险狡诈的黑巫师吗?她竟然混入了学院?特蕾娅意识到这件事情非同小可,于是擦去眼中的泪水,站起来快步来到雕花木门旁,把耳朵贴到门缝处偷听。

"只是,属下在图书馆密谋时,不幸被特蕾娅和维维亚娜两位公主发现了。本想将她们一并制服,却没料到她们太过狡猾,特蕾娅还跑掉了。所以我决定先将维维亚娜和她的骑士打

败,再去抓回特蕾娅,结果中途特蕾娅公主的骑士莱茵奥特又出现了,这几位都不是泛泛之辈,尤其是莱茵奥特更是个棘手的家伙。他们封住了殿门害我无法脱身,幸好有那几名部下为我打掩护,我这才破窗逃离。我担心那几个人会破坏我们的好事,还要麻烦大人助我一臂之力。"

"很好,不过那些老师最好早点儿处理掉,以免遗留后患。那些愚蠢的公主倒是可以助我们一臂之力。每位公主的身后都是一个独立的魔法王国,只要公主在我们手中,那些王国就不得不听我们调遣。到时,即使魔法部得到了消息赶来,我们也有足够的实力与他们对抗!哈哈哈!"黑巫师发出一阵桀桀怪笑,干巴巴的笑声犹如失去水分的枯枝,在狂风中凌乱地颤动。特蕾娅悄悄将门推开一条细缝,望进去。只见昏暗的殿堂内立着两个人,阿姆达公主手中托着一盏散发着幽黄色光芒的油灯,低眉顺目的恭敬样子俨然是随侍在侧的仆人。而黑巫师永远都披着她那件宽大的黑斗篷,犹如一具行走的黑色幽灵,她的个头儿比阿姆达公主明显矮了一截,但浑身散发的危险气息却如死神驾到一般令人心惊胆寒。跳跃的烛光在她们身后映出两道长长的不断扭曲变幻的黑影,仿佛隐藏在暗夜中的张牙舞爪的怪兽正贪婪地窥视着一切。

情况变得越来越糟糕了,他们很快就要对老师下手了,她不能在这里浪费时间了,必须尽快唤醒沉睡的老师们!如今莱茵奥特正在协助维维亚娜公主制服阿姆达的同伙,校长也被困在了泉眼中……她再不做点儿什么,整个圣露西亚公主学院就

第十二章
帕特雷米神殿

成了黑暗势力的天下了!想到这儿,特蕾娅一咬牙,眼神变得异常坚决。"虽然我的力量有限,不过只要是对的事,不管有多危险我也要去做!"特蕾娅关上门,毅然地朝泉眼厅后门跑去。

"吱呀"!木门合拢时发出一阵响动,在寂静的大殿内显得异常清晰,惊动了正在谈话的黑巫师和阿姆达公主。黑巫师立刻伸手示意阿姆达公主收声,并扭头朝神殿侧门的方向看去。阿姆达公主没想到会有人偷听,顿时警觉起来。黑巫师抬起手臂朝发音处猛地张开五指,另一只手掏出魔法棒一挥,又快又急地喊出一句黑暗咒语。

带有魔力的黑暗咒语顷刻间化为一股强劲的风,"呼"地撞开了雕花木门。特蕾娅刚跑到门口,后脚还没迈过门槛,背后就响起巨大的撞门声,紧接着一股劲风袭来,一下子将她卷到了空中。"哇!"始料未及的特蕾娅一声惊叫,还没明白是怎么回事,就被劲风卷着瞬间急剧倒退,转眼间就回到了光线昏暗的神殿内,"扑通"一声摔到了地上。她疼得龇牙咧嘴,不住地倒吸冷气。

"原来是尊贵的特蕾娅公主,真不知是该夸你勇气可嘉呢还是愚蠢至极!放着好好的逃生之路不走,偏偏来闯地狱之门。你这么爱多管闲事,是脑袋进水了吗?"阿姆达公主笑盈盈地说。看着阿姆达脸上的迷人笑容,特蕾娅心头一阵恶寒,毫不客气地反唇相讥:"脑袋进水的是你吧,放着堂堂正正的魔法公主不做,偏偏当邪恶黑巫师的走狗,你就这么喜欢在别

人面前摇尾巴？"

"你……"阿姆达公主气得小脸一阵发白，刚要给特蕾娅一点儿颜色尝尝，却被黑巫师伸手制止。"特蕾娅公主。"黑巫师嘶哑的声音如鬼魅般幽幽地带着回音，令人感到莫名一阵发冷。随着她的逼近，特蕾娅目光中充满了戒备，手脚并用地向后爬。"加入我们阵营有什么不好，你们魔法家族活得再久也有终结的一日，而我们就不同了，我们拥有永恒的生命，可以做很多事，没有人不喜欢长生不老。"黑巫师俯低身体靠近特蕾娅，用充满诱惑的语气慢悠悠地蛊惑道："不妨好好想想，不管你们有多强大也逃不过衰老死亡的那一天，而我们的生命和力量却在源源不断地生长，这就是会有越来越多的魔法公主愿意加入我们的原因，而你们永远都无法将我们清除干净，因为你们最大的敌人不是我们，而是时间！"

"这么说你们可以活很多年喽，你以为我是白痴，会相信你这番话？"特蕾娅不相信地哼笑。

"哈哈，不信就看看我。"黑巫师说着，一把撩起身上的黑色斗篷。特蕾娅定睛看去，立刻被眼前恐怖的景象吓坏了，她"啊"的一声尖叫，触电般地向后退去。只见黑巫师的身体被一团雾气包裹着，显出干瘦的轮廓，雾气里还散发出一股难闻的气味，令人作呕。特蕾娅惊骇地瞪大眼睛，直直地看着，连呼吸都忘了，只觉得眼前的黑巫师实在可怕，简直令人毛骨悚然！

"现在你知道了吧？加入我们，你就可以脱离生老病死这

第十二章
帕特雷米神殿

一自然规律，真正地长生不老。"

特蕾娅脸色一片煞白，手指颤抖地指着黑巫师，哆哆嗦嗦地从嗓子里挤出一句话："你……你不要过来……我才不……不要变成你……你这种怪物！与其那样，不如让我痛痛快快地死掉！"

黑巫师被特蕾娅的话激怒了，冲她生气地嘶吼，声音犹如锯木一般刺耳难听。"可恶，你这个冥顽不灵的臭丫头！好言相劝你不听！阿姆达公主，给她点儿颜色尝尝，我不想再看到她眼中的傲气！"说着，黑巫师骑着扫把飞到空中，隐藏于黑暗之中。

"欧迦娜公主已将所有的公主集合起来，正在门外候命，这些'初生牛犊们'正一腔热血地期待着为我们效力呢！"阿姆达得意地举起魔法棒向神殿大门一指，厚重的殿门瞬间大开，一群公主从外面拥了进来。"亲爱的公主们，好好看着面前这个人，就是她害得你们的老师沉睡不醒，现在还想与你们为敌。对待这种叛徒你们会怎么做？"阿姆达公主用低沉又诡异的声音说道。

"不是这样的！你们千万不要被她蛊惑！她是黑巫师的爪牙，所有的一切都是他们干的！就是为了把我们圣露西亚学院据为己有啊！"看到公主们向她投来仇视愤怒的目光，特蕾娅情急地冲着公主们大喊。

在这期间，黑巫师的声音始终回荡在神殿内，在每个公主耳畔嗡嗡作响。"不要相信她的话……她是潜藏在你们中间的

叛徒……是叛徒啊……"黑巫师迷惑着她们的神志，将仇恨的种子种进她们心中。很快，公主们看向特蕾娅的眼中燃起了熊熊的愤怒之火。

"快拿起你们的魔法棒，现在是向圣露西亚学院表明你们决心的时候了！"阿姆达公主见时机成熟，亲自举起魔法棒指向特蕾娅，为大家示范。"她是叛徒！不能放过她！"不知谁喊了起来，顷刻间公主们骚动起来，纷纷举起手中的魔法棒齐刷刷指向特蕾娅，争先恐后地嚷嚷起来。

"特蕾娅公主，你无视校长的禁令私自跑到这里！不是叛徒是什么？"

"自从你来了之后，我们学院变得一团糟，你不该为此负责吗？"

"我们怎么会相信一个连档案信息都没有的人！你不属于这里！"

"你做的那些错事，我们要让你加倍偿还！"

"冷静，你们都听我说……"看到情绪激动的公主们渐渐包围上来，所有的魔法棒都指向自己，特蕾娅急得百口莫辩，单薄的声音一出口就被嘈杂的吵嚷声淹没。黑巫师居高临下俯视着这一幕，坏笑地勾起嘴角，一切都在如她所期望的那样进行着。

"赫赫巴斯！"所有公主同时举起魔法棒喊出了攻击咒语，几十道耀眼的冲击波一齐朝特蕾娅射去……

公主们的愤怒击溃了特蕾娅最后的希望，看到袭来的冲击

第十二章
帕特雷米神殿

波,没有退路的特蕾娅一颗心倏地提到了嗓子眼儿,心脏几乎都要停跳了,放大的瞳孔中清楚地映出一张张愤怒的面孔和无数道索魂追命般的冲击波。

"特蕾娅公主!"明明上一秒还是一个从远处传来的声音,下一秒就只见一道白影"嗖"地从人群外疾冲而来,特蕾娅还没看清什么状况,就突然被人一把抱住,一道透明的防护罩自动生成,将他们与周围隔绝开来。同时,那匹凶狠的草原狼也冒了出来,露出锋利的尖牙,围着防护罩上蹿下跳,发动猛烈的攻击。无数道冲击波噼里啪啦地打在了防护罩上,但都没有伤到特蕾娅分毫。冲击波飞溅的火光映得昏暗的帕特雷米神殿忽明忽暗,犹如放烟火般热闹。

"莱茵奥特!"当特蕾娅看清来人,惊喜地叫出声。

"抱歉,我来晚了!没想到梅格公主被阿姆达的召唤术瞬间转移,我去图书馆找你正赶上维维亚娜他们与阿姆达公主决战,我本想帮着维维亚娜公主一起打败阿姆达公主,但是阿姆达公主却独自逃跑了,留下几个黑巫师的爪牙与我们纠缠着,解决了那些爪牙我才急忙赶来。"莱茵奥特喘息地说道,冲她露出一个安心的笑容。咘咘从莱茵奥特肩头跳到特蕾娅身上,愤愤不平地叫道:"阿姆达公主太可恶了!想以多胜少欺负主人!主人,不要怕!咘咘永远跟主人在一起!"

没想到处置特蕾娅公主的关键时刻,莱茵奥特竟然赶到了,这让黑巫师和阿姆达公主吃了一惊。空中的黑巫师又气又恨,眼中射出阴毒的光芒,恶狠狠地咬牙低语:"见鬼,这小

子真是多管闲事,坏我好事!"她猛地提高声音,手指着特蕾娅和莱茵奥特气急败坏地嘶吼:"杀了他们!不惜一切代价,绝不能让特蕾娅活着离开帕特雷米神殿!"

阿姆达公主接到黑巫师的指令,骤然厉喝:"所有人听我口令,进攻!"

特蕾娅遭遇到阿姆达统率的公主群的集体围攻,危急时刻莱茵奥特及时赶到救下了她,但也因此激怒了黑巫师和阿姆达。"赫赫巴斯!"阿姆达公主也举起魔法棒加入攻击行列,一道更强大的冲击波直奔特蕾娅公主射去。在强大的冲击波冲击下,保护特蕾娅的防护罩变得越来越薄,时隐时现,眼看着就要被强大的冲击波击溃。莱茵奥特迅速用魔法棒予以反击,两道颜色不同的冲击波在空中相遇,瞬间激起一个巨大的火球。莱茵奥特稳稳地挡在特蕾娅面前,直面危险没有半点儿惧色,拼尽全力抵挡敌人的冲击。冲击波带起的飓风吹得特蕾娅眼睛有些睁不开,衣裙也上下乱飞。她用手挡在眼前,眯缝着眼看去,只见刺目的火球在一点点向他们这边压来,莱茵奥特凭一人之力抵挡所有人的冲击波,渐渐倍感吃力。

萝莉大冒险②

第十三章
生死一战

一个悦耳的女声响起,神殿门口突然拥进一群魔法老师,他们在吉娜老师的带领下纷纷举起魔法棒朝阿姆达一方发动攻击,空中的能量火球顷刻间笼罩阿姆达一伙人。

"放弃吧,莱茵奥特殿下,你抵挡不了合众之力,你很清楚这场消耗战持续下去意味着什么。"神殿上空响起了黑巫师不怀好意的声音,阴森森的话音直灌进莱茵奥特的耳朵,"现在整个圣露西亚学院都已经落入我们的掌控之中,你们再怎么努力也无济于事,特蕾娅那个蠢丫头想以一己之力对抗整个学院根本就是痴心妄想,难道你要陪着她一起与我们为敌吗?那个丫头愚蠢至极,你何必要陪她一起下地狱呢?"

"身为特蕾娅公主的骑士,无论发生什么事,我都有义务和责任保护她!"黑巫师的蛊惑游说并没有让莱茵奥特有丝毫动摇,他吃力地顶住巨大的压力,声音响亮而坚定地答道。

"真是顽固的臭小子,既然不知悔改,那就陪着你的主人一起下地狱去吧!看看孤军奋战的你们如何抵抗得住合众之力!"黑巫师咬牙切齿地说完,举起魔法棒念出一道黑暗咒语,就见一股猛烈的黑色旋风呼啸着朝风暴中心刮去!莱茵奥特的压力骤然倍增,特蕾娅见情形不妙,飞快从腰间拔出魔法棒从旁协助,两个人拼尽全力苦苦支撑,但巨大的火球仍在一点点逼近,形势十分危急。

第十三章
生死一战

"你说错了!他们可不是孤军奋战!还有我们呢!"一个响亮的女声在神殿内响起,几乎同时,一束凌厉的冲击波出其不意地朝阿姆达射去。"啊!"这猛烈的攻击一下将阿姆达公主手中的魔法棒击飞,阿姆达惨叫一声,身体飞了出去,重重摔到几米远的地上。

"维维亚娜!"一听到这个声音,特蕾娅惊喜地朝发声处望去。只见维维亚娜带着骑士,脚步如飞地赶到他们身边,大家同时举起魔法棒射出冲击波将逼近他们的光球向后推去。有了维维亚娜的加入,特蕾娅和莱茵奥特的压力顿时减轻不少。

"谢谢你们来帮我们。"

"不是帮你们,准确地说是帮圣露西亚学院。这是我们生活的地方,岂能容许黑巫师肆意妄为!"维维亚娜一身正气地直视着对面的黑巫师,用一种与其年纪全然不符的老成与威严的语气说道。特蕾娅第一次见识到维维亚娜战斗时的风采,没想到她认真起来的样子是那么大义凛然,令人不由得心生敬畏。"杀了他们!快给我杀了他们!"黑巫师在空中声嘶力竭地怒吼。特蕾娅和她的伙伴们联合起来的力量只能在短时间内自保,并不能击败阿姆达公主等人的攻击,随着双方力量的不断消耗,渐渐落于劣势的他们再一次陷入了危机。

"我们这样坚持不是办法,消耗战对我们很不利,我们需要支援!"维维亚娜额头冒汗,吃力地喘息道。

"可是整个学院都被黑巫师控制了,我们去哪儿找支援?"维维亚娜的骑士焦急地喊道。

"学院最大的一支有生力量已经被黑巫师他们控制,除了背水一战,我们没有别的出路!"莱茵奥特头也不回地冲特蕾娅叫道,他挡在他们前面承受住了大部分的攻击,体力消耗很大。"最大的一支有生力量……"莱茵奥特的话提醒了特蕾娅,她猛然间想起什么,眼睛一亮,飞快地从运动短裤里掏出那支装有蓝色药水的试管,急促地对莱茵奥特肩头的咻咻小声道:"这是沉睡药水的解药,你快点儿把它带出去喂老师们喝下,时间紧迫,能不能打败黑巫师就看你的了!"

早就盼着冲锋陷阵的咻咻听了主人的话,二话不说,张嘴咬住试管轻快地从莱茵奥特肩头跳下去,一溜烟地穿过人群冲了出去。所有人的注意力都在莱茵奥特和维维亚娜身上,谁也没有发现咻咻的离开。

特蕾娅重新加入他们的战斗中,维维亚娜意外地低声问道:"你从哪儿搞来的沉睡药水的解药?""是校长教我做的。我和你分开后本来去找老师,没想到所有的老师都喝下了黑巫师的沉睡药水不省人事,欧迦娜她们污蔑是我做的,把我抓去校长室,我就是在那里发现了晕倒的校长。我们一起做出了沉睡药水的解药,可是后来校长昏了过去,他昏迷之前让我把他放进帕特雷米神殿的泉眼……"特蕾娅用简单几句话将自己的经历告诉了维维亚娜,说到校长被沉入泉眼时,过于自责的她没有说完就哽咽了。

"泉眼?"维维亚娜惊讶地叫起来,"听说帕特雷米神殿的泉眼有治愈疑难杂症的神奇功效,很多药水都是用泉眼的水

第十三章
生死一战

来配制的!太好了!这样一来校长很快就会没事了!"

"维维亚娜公主,我……我快撑不住了!"维维亚娜的骑士举着魔法棒的手不住地颤抖,喘息地说道。看到能量火球渐渐逼近特蕾娅他们,黑巫师仿佛看到了胜利的曙光,原本微眯成缝的双眼猛然睁大,眼中放射出狂喜的光芒,激动地叫嚣道:"我要让你们命丧帕特雷米神殿!杀了他们!"听到黑巫师的命令,阿姆达和所有公主同时发起最后的冲击,猛烈的冲击波排山倒海一般压向特蕾娅他们。"赫赫巴斯,防御盾!"特蕾娅情急之下,迅速施展出最高级别的防御咒术。瞬间,一道流光溢彩的银色盾牌出现在伙伴们面前,成功地挡住了所有向他们袭来的冲击波。虽然特蕾娅的防御盾缓解了伙伴们的压力,但同时她自己却承受着极大的冲击。

"特蕾娅公主!快停下!以你目前的水平还不能完全掌控这个技能,你会受到咒术的反噬的!"莱茵奥特担心地急声劝阻。特蕾娅努力支撑着防御盾,眼睛紧紧盯着前方,语气坚定地说:"不用担心,我一定能撑下去。眼下没有别的办法,只有拖延下去,我们才有可能打败黑巫师!"听了他们的对话,聪明的维维亚娜立刻意识到事情的严重性,急声在旁边劝说:"你并不知道反噬的危险!一旦施用咒术失败,咒术产生的威力就会反弹回来加注到你身上,令你痛不欲生,甚至有可能会丧命!更麻烦的是,黑巫师会在你意志最薄弱的时候控制你的心神,一旦被他们利用,你就再也不是魔法公主了!"

特蕾娅不顾自身安危的冒险做法引来伙伴们的担心,但特

蕾娅心意已决,丝毫没有停下的意思。

时间一分一秒过去,在与敌人的力量博弈中,特蕾娅明显感到自己的体力在不断被抽走。还没坚持多久,她突然感到胸口一阵剧痛,就像有把刀深深地插了进去,痛得她五脏六腑拧成了一团。"啪"!特蕾娅手中的魔法棒掉在了地上。

"特蕾娅公主!"莱茵奥特惊叫。伙伴们连忙挡在特蕾娅面前,共同顶住压过来的冲击。

特蕾娅跌坐在地上,用手紧紧捂着心脏,大口大口地喘息着,脸色苍白如纸,感觉身体沉重得就像背负着钢筋铁甲一般。恍惚间,她仿佛看见黑巫师那张丑陋的如枯树皮般的苍老脸庞凑到了自己的面前,冲她露出邪恶的狞笑,耳边响起诡异的咝咝声:"你的生命到头了,特蕾娅公主,没人能保护你,你注定要败在我的手下……哈哈!"原来是黑巫师见特蕾娅体力不支,趁机施展她最擅长的迷魂术,蛊惑她的神志。

"为……为什么?为什么……"特蕾娅神志不清地喃喃自语。

"看着我,这就是你的下场……"耳畔的声音在低笑,一股黑雾在特蕾娅眼前弥漫开来。黑巫师那张苍老的面庞在黑雾中若隐若现,再次露出来时俨然变成了另一副模样。老天!特蕾娅迷蒙的双眼瞬间睁大,只见黑巫师的脸白得如纸一般,嘴在不停地变大,仿佛一个无底洞,毫不费力就可以吞噬掉她。特蕾娅看着黑巫师的脸,心脏像被什么东西猛击了一下,猛地栽倒在地。

第十三章
生死一战

在黑巫师和阿姆达众人的围攻之下，维维亚娜和骑士的脸色变得极为难看，身体也摇摇晃晃的，只有莱茵奥特还在咬牙坚持，但也显得格外吃力。黑暗笼罩，恐惧侵袭，势单力薄的他们被逼到了尽头！

"擎鸦！只要圣露西亚学院有我一天，就绝无你的立足之地！滚出我的学院！"忽然间，神殿的后门口出现了一道高大的身影，一位身穿白色长袍的老者大踏步地走出黑暗地带，出现在众人面前。"校长！"维维亚娜扭头朝门口方向望去，又惊又喜地叫道，没想到关键时刻校长赶来了！黑巫师一看到来人，猛然一惊，慌忙骑着扫把退到公主们身后。校长扬起手臂，一记威力无比的冲击波射向空中，将逼近特蕾娅他们的能量火球推向高空，"砰"的一声巨响，顷刻间炸裂。

在冲击波的反震下，阿姆达公主的魔法棒脱了手，她跌跌撞撞地向后退了几步摔到地上。公主们跌作一团，混乱不堪。校长的意外出现深深震慑住了黑巫师一伙，阿姆达公主慌里慌张地抓起地上的魔法棒，惊恐地向后倒退，撞到了黑巫师身上。黑巫师一把揪住阿姆达公主的后衣领，恶狠狠地咬牙道："不许后退，现在是表明你决心的时候！不惜一切代价也要杀掉他！"

在黑巫师的恐吓下，慌了神的阿姆达咬紧牙关，带领公主们再次向校长发动攻击。趁校长与黑巫师他们打斗的时候，莱茵奥特反身扶起了虚弱的特蕾娅，焦急地叫道："你还好吧，特蕾娅公主？"

特蕾娅缓缓睁开眼,茫然地看向莱茵奥特:"别担心,呵呵……我没那么娇弱,他们没那么容易打倒我!"特蕾娅咧着嘴巴想笑,但是来自胸口的刺痛却疼得她龇牙咧嘴地直吸冷气。旁边激烈的战况吸引了她的注意,她打起精神扭头看去,不期然地看到一个熟悉的身影。特蕾娅蓦地睁大眼睛,不敢相信地张大嘴巴脱口而出:"白胡子老头儿!"这……这不是她的错觉吧?校长竟然好好地站在她面前,他没有死!特蕾娅感觉鼻子一酸,抹着夺眶而出的泪水,忍不住咧嘴笑开。

校长以一人之力与阿姆达一伙展开激烈的对抗,渐渐地,双方之间再次激发一个巨大的能量火球,映得整个帕特雷米神殿亮如白昼。在校长的施压下,巨大的能量火球不断逼近阿姆达一伙人,公主们脸上露出又惊又惧的神色,极力抵挡袭来的冲击。

"罗严塔尔校长,我们来了!"意外地,一个悦耳的女声响起,神殿门口突然拥进一群魔法老师,他们在吉娜老师的带领下纷纷举起魔法棒朝阿姆达一方发动攻击,空中的能量火球顷刻间笼罩阿姆达一伙人,阿姆达等人一阵惨叫,被击飞出去,摔到十几米远的地上。老奸巨猾的黑巫师见形势不妙,早就抢在魔法老师出手之前,飞快骑上扫把匆匆逃离了神殿。

阿姆达和两名同伙还没来得及逃跑,就被赶来的老师围了起来,逃生无望的他们一个个颓败地低下了头,全然没有了先前的气势。老师们的出现及时化解了危机,成功地粉碎了黑巫师的阴谋。

第十三章 生死一战

迅速拥入的老师们以迅雷不及掩耳之势抓获了阿姆达公主一伙,骚乱被平息了。吉娜老师和其他教职工们搜索了整个帕特雷米神殿,再没有发现其他的黑暗爪牙,这才放心地赶回来向罗严塔尔校长汇报:"我们搜索了整个神殿,除了阿姆达公主和两名黑暗爪牙外,没有发现其他可疑人员。可惜黑巫师逃了!"校长环顾四周,被黑巫师迷惑的公主们仍痴痴呆呆地站在原地,形如玩偶一般。

"该让孩子们恢复原状了!"罗严塔尔校长和吉娜老师一起挥动起魔法棒,弥漫在神殿上空的黑色薄雾渐渐被驱散,被蛊惑的公主们终于恢复了神志,她们茫然无措地相互看来看去,不知道发生了什么事。

"主人!"危机解除后,咘咘兴奋地从吉娜老师怀里跳下来,连蹦带跳地奔向特蕾娅,快速爬上她的肩头,抱着她的脖子撒娇般地蹭来蹭去。"干得好,咘咘!你没有让我失望哦!"特蕾娅笑眯眯地说道,伸手揉了揉咘咘毛茸茸的小脑袋。受到夸奖的咘咘别提多得意了,小尾巴快活地摆动起来。

罗严塔尔校长走到被魔法老师反扭着双臂的阿姆达公主面前,直直地看着她,流露出无比痛心的神情,他用魔法棒在她身上一划,阿姆达公主顷刻间变成了另一副模样。"啊!"当阿姆达公主真实的面目出现在众人面前时,公主们不禁发出一阵惊呼,神殿内接连不断地响起吸气声。尽管特蕾娅和维维亚娜知道阿姆达公主已经被黑化了,但还是被她黑化后的模样吓了一跳!只见阿姆达一头柔顺的黑发变成了干枯的灰白色,原

来光洁娇嫩的迷人面庞变得又黑又瘦,就像被风化的木乃伊似的,只剩下了一层没有血肉的干皮,上面布满了可怕的霉菌般的深褐色魔斑。额头突出的一对魔角,血红色的状如兽目的魔瞳,还有严重凹陷的脸颊……阿姆达公主前后的变化简直令人触目惊心,特蕾娅只觉得头皮阵阵发麻,脊背泛起一阵寒意。整个帕特雷米神殿静得听不到任何声响,所有人都被阿姆达的模样惊住了!

"阿姆达公主,你曾经是我们圣露西亚公主学院最引以为傲的公主,没想到你现在竟是这样……我对你真是太失望了。"罗严塔尔校长不无痛心地说道。阿姆达公主浑身控制不住地颤抖起来,嘴唇抖动着似乎想说点儿什么,但什么也没说出口,泛红的眼中流下了悔恨的泪水。"把她带去修罗塔关押,之后的岁月就让她在那里忏悔吧。"

吉娜老师指挥着手下将阿姆达和两名黑暗爪牙带走了,并将狼身的梅格公主送去了神殿医疗室。一度陷入危难的圣露西亚公主学院在经历了种种骚乱之后,终于恢复了往日的平静。罗严塔尔校长松了口气,转身走向特蕾娅。

"校长!"看着朝自己走过来的校长,特蕾娅激动地咧着嘴巴,止不住地傻笑。校长是她来到学院以后遇到的第一个朋友,一直对她无微不至地照顾,让她有种家人的亲切感。"小丫头,我还是喜欢你叫我白胡子老头儿……嘘,现在先不要说话,让我帮你这个小英雄检查下伤势!"校长亲切地笑道,挥动着魔法棒施展治愈魔法,一层朦胧的光包围了特蕾娅。特蕾

第十三章 生死一战

娅感觉浑身暖烘烘的,压着胸口的疼痛感奇迹般地不见了。不一会儿,光芒消散,校长收起魔法棒。"还好,咒术反噬没有给你造成太大的伤害,不过你需要好好休息几天了。最后我要代表全校师生对你说声谢谢!"校长冲她眨了下眼睛,眼中仍然闪着往日那种狡黠可爱的光芒。

"那个,我……我只是做了学生该做的事而已,不用那么客气啦!哈哈!"特蕾娅脸颊微红,挠着头不好意思地笑起来。

在吉娜老师的安排下,公主们陆续返回学生宿舍休息,留下的老师们开始整理被破坏的公用设施,恢复学校秩序。特蕾娅拒绝了校医抬来的担架,她更愿意在莱茵奥特的搀扶下和维维亚娜一起走回去。

"欧迦娜帮阿姆达公主做了不少坏事,估计她要在学院多待上一段时日,接受校方的惩罚了。真没想到事情这么快就平息了,简直跟做梦似的,这种事真不想再经历第二次了。"特蕾娅公主心头紧绷的那根弦终于放松下来,直到这时才觉得浑身上下每块骨头都在叫痛,要不是有莱茵奥特扶着,她早就瘫倒在地了。

"一直以为你这个差生一无是处,没想到也有我看走眼的一天。幸亏你救出了校长,又及时让咘咘给老师们送去沉睡药水解药,事情才出现了奇迹般的转机。你今天的功劳不小哦!"维维亚娜抱着双臂,朝特蕾娅投来一记佩服的目光。

特蕾娅颇为得意地弯起嘴角:"所以你看人的眼光不如

我哦,比如我就知道你这个学霸从来都很厉害!我可不敢小瞧你。"维维亚娜听了她变相的夸奖,心里像喝了蜜似的美滋滋的,表面上看起来却依然冷静,只有嘴角微微有些上扬。特蕾娅轻松地长舒一口气,仰头望向夜空,心情格外舒畅。"虽然今天折腾了一整天累得要死,可心里却觉得很轻松,以前每天都被大量的课业包围,魔药课、神奇生物课、魔法课、历史课,还有公主礼仪等,我都快被这些课压死了!真不知这些天是怎么坚持下来的。"

"所有课程都要在两个月时间里学完,这对绝大多数人来说,累不是很正常的事吗?我看你到现在都还生龙活虎的,倒出乎我的意料!"维维亚娜勾起唇角浅笑道。特蕾娅意外地看着她,笑嘻嘻地调侃:"咦?原来你会笑呀,你笑起来的样子挺好看的嘛,为什么平时总板着脸好像别人都欠你钱似的?"维维亚娜的笑容出现片刻的僵硬,明亮的眼神变得黯淡,很不自然地转过头避开特蕾娅的视线,没好气地说:"你又不是我,当然可以笑得没心没肺!"说完,她不由得加快了脚步。

"我也没说什么嘛,她生哪门子气呀?"特蕾娅不解地望着她离去的身影,无奈地摇了摇头,"维维亚娜哪里都好,就是脾气怪怪的,让人难以捉摸。"

萝莉大冒险②

第十四章
毕业典礼

"鉴于她的出色表现，经过全校老师共同投票，一致同意将学院的最高奖赏——隐形衣，颁给勇气可嘉的特蕾娅公主！"罗严塔尔校长从吉娜老师手中接过隐形衣交给了特蕾娅，微微一笑，"祝贺你，特蕾娅公主。"

几天后,圣露西亚公主学院在庭院里举行了盛大的毕业典礼,每年的毕业典礼都是大家最开心的时候。吉娜老师陪着罗严塔尔校长走上讲台,宣布成绩。

"本期公主训练营的优胜者是……"吉娜老师停顿了一下,"霓裳国的维维亚娜公主!恭喜她以94分的成绩成为本期公主训练营的第一名。现在请罗严塔尔校长为本期优胜者颁发荣誉奖章。"吉娜老师笑着冲维维亚娜点头致意,台下掌声一片。维维亚娜嘴角勾着一抹自信与骄傲,昂首挺胸地走上讲台,从罗严塔尔校长手中接过了成绩单与奖章。

等维维亚娜回到座位上,特蕾娅借过她的奖章看了又看,别提多羡慕了。"不愧是学霸,到哪里都是顶尖的!不过我很好奇,为什么学校里的人都怕你?"特蕾娅小声问维维亚娜,维维亚娜狡黠地看了眼特蕾娅说:"其实你把那些事跟黑巫师派来的坏人联系一下就明白了,你这么聪明,一定猜得到。"

听了维维亚娜的话后,特蕾娅对她有了全新的认识。她对莱茵奥特说:"以前维维亚娜给我的印象一直是那种不合群、

第十四章
毕业典礼

不近人情的学霸,现在我觉得她不再有神秘感了,嘻嘻!"旁边的维维亚娜优雅地叠着双腿,抱着双臂闭目淡淡道:"在人前说悄悄话可不是好习惯,我不介意你大点儿声说出来。"

这时,不知吉娜老师说了什么,周围突然掌声大作,所有公主都扭头朝特蕾娅望来。大家投来的热烈目光看得特蕾娅一脸的莫名其妙,莱茵奥特一手背后,忍笑地弯腰做了个"请上台"的手势,特蕾娅这才恍若梦醒般地站起来,拎着裙摆匆匆奔上台。

"在这里,我要表扬特蕾娅公主。她在这次学院的重大危机中表现出了非凡的勇气。鉴于她的出色表现,经过全校老师共同投票,一致同意将学院的最高奖赏——隐形衣,颁给勇气可嘉的特蕾娅公主!"罗严塔尔校长从吉娜老师手中接过隐形衣交给了特蕾娅,微微一笑,"祝贺你,特蕾娅公主。学院一共保存有八件隐形衣,只颁给那些在重大事件中有突出表现的人!对了,你的母亲也是隐形衣的拥有者哦!"

"是!我一定好好保管它!"这奖品可比奖章实用多了!特蕾娅开心地把隐形衣宝贝似的抱在怀里,眼睛笑得眯成了一条缝。台下的公主们纷纷朝特蕾娅投来羡慕的目光,隐形衣代表着圣露西亚公主学院的最高荣誉,几乎每位隐形衣的拥有者日后都成了魔法大陆叱咤风云的人物。

毕业典礼还没有结束,左臂裹着纱布的图书馆管理员焦急地跑到吉娜老师耳边耳语了一阵,不知说了些什么,吉娜老师脸色微变,匆匆来到校长身边低声说道:"罗严塔尔校长,不

好了,机密室里的头号档案被人盗走了!"

"什么时候发现的?之前检查不是好好的……"罗严塔尔校长的话刚说了一半,发现特蕾娅还在旁边,立刻换回轻松的口气说道:"你可以下去了,孩子,希望你以后能有更大的作为!我看好你哟!"罗严塔尔校长显得心神不宁,语气也有些急促,让特蕾娅越发觉得这件事不一般。他说完后做了个"请走好"的手势,然后跟吉娜老师退到一旁与管理员嘀嘀咕咕地交谈起来。

"这件事暂时保密,不要让任何人知道。一会儿我亲自跑一趟魔法部,请魔法部的人协助我们追回档案!"罗严塔尔校长果断地做出决定。

特蕾娅听到这机密后,心脏一直"扑通扑通"地跳,她趁别人都在相互谈笑的时候,压低声音将档案丢失的事告诉了维维亚娜。维维亚娜忙压低了声音叫道:"这可是关乎我们所有公主安全的大事!管理员怎么这么不当心?这份档案落在黑巫师于中等于把我们都暴露在了明处,现在的隐身之所已经不再安全了,我们应该告诉所有的公主马上迁址,小心防备黑巫师偷袭!"维维亚娜情绪激动地说道。

"嘘,校长会想办法解决这件事的!"特蕾娅耐心地安抚道,最后眼睛狡黠地一亮,"我说,你这么激动,该不会是害怕黑巫师找上门吧?"维维亚娜额头凸起了一条青筋,不高兴地冷哼:"笑话,我会害怕?倒是你,听说你是在追兵的追击下逃进了学院,小心呀,一离开这里,天晓得危险是不是还在

第十四章
毕业典礼

外面等着你呢!"特蕾娅的额头顿时垂下无数条黑线,心里暗暗咬牙:"这家伙,真是哪壶不开提哪壶!"

转眼就到了该离开的日子。公主们在骑士的陪同下陆续离开,特蕾娅也收拾好了行李,坐上了来时的那辆跑车。"维维亚娜,要不要搭顺风车?"看到维维亚娜和骑士走在前面,特蕾娅把头探出车窗,好心地问道。

"谢了,跟你们一起走,出门就会被人当活靶子,这种好意还是算了,我还想活得长久些呢!"维维亚娜慢悠悠地挥了下手。

"维维亚娜说话就是这么气人!不跟我同行就算了,还故意打击我!"特蕾娅扫兴地把头缩回来,小声嘀咕。莱茵奥特抿嘴笑了一下。一想到维维亚娜的话,特蕾娅不放心地碎碎念:"塔拉公主的追兵不会真的还在外面守着吧?或者,他们也许会在家里守株待兔,不行不行,看来我得搬去新的地方住了……啊,对了!布雷的新家!"

圣露西亚公主学院已经为公主们开启了一条快捷安全的通道,莱茵奥特开车跟在几辆车的后面快速穿过了界门,特蕾娅只觉得眼前一花,转眼间周围就变回了熟悉的地下停车场。特蕾娅一边打开背包翻手机,一边喋喋不休地念叨:"黑巫师盗走了档案,原来的地址已经不安全了,我们得在布雷那里暂住,那些追兵肯定找不到我……"

特蕾娅刚翻出手机,手机铃声就响了,布雷的电话打过来了!特蕾娅得意地冲莱茵奥特晃了晃手机,笑眯眯地说:"真

是说曹操,曹操就到啊……"

特蕾娅话还没说完就被电话里的一阵惊慌失措的喊声打断,布雷像是遇到了什么可怕的麻烦。"谢天谢地,终于打通电话了!快点儿来我家,我有东西要给你看!"

布雷的话还没说完,一段从监控录像里截取的视频就发到了特蕾娅的手机上。视频里的画面是布雷家客厅,原本固定的摄像头像是被人移动过似的扫过客厅,最后停在一堆半人高的盆栽上。令人奇怪的是,地上出现了几道黑影,显然有几个人刚刚走过去。一只雪纳瑞从花盆后面跳出来,冲着黑影狂吠,然后一跃而起,准备扑过去。谁知,下一刻,它的动作就被定格在空中,呈一脚着地三脚悬空的飞跃姿态。

莱茵奥特看到特蕾娅半天没有出声,扭头看了她一眼:"出了什么事?"

"你觉得……这正常吗?"特蕾娅好半天才回过神来,惊愕地将手机转向莱茵奥特。莱茵奥特冷静地开口说道:"其实第一次到布雷家我就注意到了,那座有着上百年历史的古老建筑里藏有很多秘密,只是当时怕说出来你们未必相信,又会引起你们的恐慌,所以我没有告诉你们。"

"你别吓我啊!到底发现了什么?"莱茵奥特的话让特蕾娅紧张不已,她迫不及待地追问。

莱茵奥特没有多说,只是淡淡地回了一句:"现在还不能肯定,先过去看看,当务之急是查清那几个人的背景!"说完,好似一阵风刮过,消失得无影无踪……

下集预告

LUOLI DA MAOXIAN
萝莉大冒险 ③

　　特蕾娅在回魔法王国的路上遭遇重重阻挠，为了摆脱黑巫师的爪牙，她不幸落入黑暗世界。特蕾娅本想凭借着隐形衣的保护寻找出口，不料误打误撞地来到了黑巫师主人的巢穴，并且获悉了王冠的消息。

　　可是黑巫师怎会让特蕾娅轻而易举地夺回王冠，她放出食人兽对特蕾娅展开围攻，同时将黑暗界里能食人魂魄的毒花草施在特蕾娅身上。经过几个回合的殊死搏斗，特蕾娅终于感到体力一点点被抽空，正当她要倒下的时候莱茵奥特的出现改写了局面。他救下特蕾娅后又对峙黑暗势力，几番打斗后莱茵奥特终于带着特蕾娅逃离了黑暗世界，两人也是仅有的从黑暗世界里活着出来的人。

　　在经过重重磨难后特蕾娅终于来到魔法大陆，可一波未平一波又起。塔拉公主正在魔法王国举行加冕典礼，特蕾娅知道塔拉公主正是被黑巫师黑化的黑暗公主，绝不能让她成为魔法王国未来的主人。在面对一众黑暗势力与国家的未来命运时，特蕾娅的魔法力量被彻底激发，力量爆棚的她竟然打败了黑巫师，还得到了化解塔拉公主黑暗身份的解药。

　　特蕾娅最终还是决定要放弃王位，她站在皇城上空眺望整个魔法大陆，心绪难平，因为她知道，属于她的故事远远还没有结束，这才仅仅是个开始……

　　大家觉得特蕾娅公主用魔法打败黑巫师的样子是不是又帅气又酷炫？你想不想有一个专属于自己的魔法呢？快快参与到我们的活动中来吧！

　　首先，你要思考下你的魔法具有什么样的威力，是可以让人静止不动呢，还是可以让人两倍语速地说话呢？或者还有什么别的特别之处。

　　其次，你要设计你的魔法的咒语什么，不论是中文、英文，还是火星文，只要你喜欢，全部都可以。

　　最后，给你的魔法设计一个动作，让它看起来更酷炫。

　　参与方式：你可以将你的魔法咒语和威力写在纸上告诉我们，然后做出你的专属魔法动作拍出照片邮寄给我们，也可以将以上内容在微博上@意林少年版留言给我们。小编将会从中选出三个最具创意的专属魔法，然后寄出精美的图书礼品哦！

　　快快行动起来吧！充分发挥你的想象力，你的魔法你做主！

　　邮寄地址：北京市朝阳区南磨房路37号华腾北塘商务大厦1501室《意林·少年版》编辑部收。邮编：100022

本活动最终解释权归《意林·少年版》编辑部所有

"意林·少年幻兽师" 系列

一段少年英雄成长史，一部异世妖兽山海录

作者：雨魔
上架建议：励志／校园／成长

第一部荣耀完结
"少年幻兽师"系列外传第一册《易火与神的考验》即将来袭

"意林·山海经" 系列

《芈月传》作者蒋胜男倾力推荐！

智慧、勇气、冒险、情义……尽在少年热血时！

作者：墨清清 周飞
上架建议：励志／校园／畅销小说

第一季精彩完结
第二季"山海神兽录"系列第一册《青丘狐与女娲神》即将上市

"意林·猎神传" 系列

作者：笑晨曦
上架建议：励志／玄幻／校园／畅销小说

一个万众瞩目的猎神传奇，
一段大气磅礴的异界之旅。
集幻想、悬念、推理、神秘、冒险为一体。
现代校园与古代神话元素相结合
第三册《对决噬空梦兽》即将上市

"意林·机甲星球" 系列

作者：杨鹏
上架建议：励志／科幻／校园／畅销小说

赴一场英雄的梦，开一扇想象的窗
——当危难来势汹汹，恐惧是你的选择，勇敢也是

全球华语科幻星云奖获得者、
迪士尼签约作家杨鹏实力新作

"意林·5班乐翻天" 系列

作者：伍剑
上架建议：幽默／成长／校园／畅销小说

生活的笑料＝写作的调料
听幽默故事，写高分作文

校园幽默派小说作家、冰心儿童文学奖获得者伍剑烹饪的幽默大餐！

"意林·锦衣少年行" 系列

作者：天使奥斯卡 月关 周行文
上架建议：青春校园／热血武侠

豪情义胆铸侠义 壮志凌云冲九霄
一个传奇组织的热血故事，一群英勇少年的成长蜕变。

架构宏大、情节跌宕、画风细腻的同名热血青春影视剧，即将上线。

"意林·魂武士"系列

作者：[美] H.K.瓦里安
译者：李耀和
上架建议：励志/玄幻/校园/畅销小说

男孩女孩的成长冒险书
横扫欧美的超能变身小说
一面是普通学生，一面是上古神兽，看魂武士们如何打怪升级，拯救危难世界吧！第三册《魔力手环》即将上市

"意林·凡尔纳经典科幻"系列

作者：[法] 儒勒·凡尔纳
译者：刘瑜/李悦/张锁迪
上架建议：励志/冒险/科幻小说

中小学生课外阅读经典名著
开启科幻新篇章，点燃头脑超强风暴。
这是一场极具未来眼光的科学畅谈，
也是一次跨越时间与空间的世纪幻想。

"意林·古墓奇谭"系列

作者：[美] 迈克尔·诺斯鲁普
译者：王映红
上架建议：励志/幻想/成长/畅销小说

一部解开古埃及千年死亡谜底的古墓探险力作
美国学者出版社重点打造的多媒体互动图书
惊险神秘 科学探索 挑战大脑
第四册《石头战士》和第五册《末日帝国》即将上市

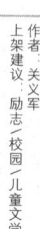

"意林·少年军校"系列

作者：关义军
上架建议：励志/校园/儿童文学

一部少年军事励志小说
一部小军迷生存宝典
一部爱国主义国防教育读本
智慧强大的少年 闪亮惊艳的时光

"意林·小超人"系列（注音版）

作者：[斯里兰卡] 努雷·维塔奇
译者：李耀和
上架建议：儿童文学

一套综合了语文、数学、物理、化学等多种学科的精品故事书
低年级学生的贴身读物，小读者的口袋超人书！

"意林·美国少年励志馆"系列

编者：美国 Cricket Media 山版集团
上架建议：少儿/励志

一套写给孩子的人生智慧书
一把打开孩子智慧思考生命价值的钥匙

"意林·萌武侠"系列

作者：黄文军、钟锐、林风、岳烨
上架建议：成长/武侠/校园

新概念有声少儿武侠小说
培养好品格，做敢于担当、勇于挑战的好少年！
少年萌侠闯江湖，欢脱有爱铿锵行！

巴比兔系列成长绘本

著：海伦娜·卡拉杰克
绘：西·毕斯科
上架建议：儿童读物

源自国际获奖绘本 彰显生命教育典范
为3～7岁性格形成关键期的孩子准备的
一份心理自助礼物